DAVID ALBAHARI

EL ANZUELO

DEBATE
EDITORIAL

Primera edición: septiembre 1999

Versión castellana del original serbio de
ALEKSANDAR GRUJIČIĆ

Título original: *Mamac*

I.S.B.N.: 84-8306-213-5
Depósito legal: B. 28.193-1999
Diseño de cubierta, J. M. García Costoso
Impreso en Limpergraf, Ripollet (Barcelona)
Impreso en España *(Printed in Spain)*

«¿Por dónde empiezo?», dice mi madre. Cuando la oigo, levanto el brazo y aprieto la tecla del magnetofón. El magnetofón es antiguo. Me pasé varios días recorriendo tiendas y preguntando dónde podría encontrar un aparato así; la marca era lo de menos. Los vendedores eran amables, sonreían, se encogían de hombros y me mostraban los últimos modelos de grabadoras. Uno de ellos, en un centro comercial del norte de la ciudad, llegó a confesarme que nunca había visto un magnetofón. Le parecía, sin embargo, que su padre, es decir, padrastro, había dispuesto de un «artilugio» semejante. Dijo que no se le ocurría una palabra más adecuada para nombrarlo, ya que comparando con los aparatos de hoy en día –y lo dijo tocando a la vez una fila de los nuevos modelos japoneses– no se podía hablar de otra forma. Me dejó su tarjeta. Por si cambiaba de idea, me dijo. Recordó también que tenía prohibido tocar las cintas, salvo las bobinas vacías de plástico negro o transparente, que a veces, cuando le dejaban, hacía rodar por el suelo. Lo único que sabía con seguridad, dijo, era que su padrastro escuchaba constantemente las grabaciones de Buddy Holly. Guardé su tarjeta en el bolsillo de arriba de la chaqueta. Al preparar mis cosas para marcharme, puse las cintas en esta misma chaqueta, y la puse encima de todo lo demás, así que la maleta no hubiera podido protegerlas de los golpes, pero sí lo harían las fundas de cartón. De todas formas, las mangas que crucé sobre ellas y las tiras elásticas de la maleta atenuaban la indeterminación en que me hallaba sumido. No quería irme, pero tampoco quería quedarme, y el vacío de las mangas abrazando la voz transformada en pista electromagnética sólo podía agudizar mis dudas. Sin embargo, fueron precisamente esas dos ausencias las que me hicieron bajar la tapa de la maleta y cerrar con llave sus pequeñas cerraduras. Doblé la lista de las cosas que me llevaba –ropa, toallas, unos cuantos libros, las zapatillas de deporte, artículos de higiene– y la inserté en la cartera entre los papeles con direcciones y números de teléfono. Las cintas no figuraban en la lista. Las añadí más tarde, con la maleta ya hecha. Estaba preparándola en el suelo, de rodillas, y entonces me puse de pie, me acerqué al armario con los libros y de allí, es decir desde el lugar donde las había guardado, detrás de los tomos del *Diccionario serbocroata* de la Academia, saqué las cajas rojas y polvorientas con las cintas. Llevaban allí catorce años, sin contar la última vez que pintamos la casa, hace siete años, cuando quité todos los libros de los estantes con el propósito de sacudirlos uno a uno y desempolvarlos con un trapo fino, para después ponerlos en grandes cajas apiladas en medio de la habitación, bajo la lámpara de techo envuelta en una bolsa de plástico. Mientras levantaba la parte delantera de la chaqueta, metía las cintas entre los pliegues del forro y las cubría con las mangas cruzadas, tenía la impresión de que en realidad había vuelto por ellas, aun sin haberme marchado siquiera. Hace catorce años, no, hace dieciséis, murió mi padre. Murió rápido, en un santiamén, como solía decir mi madre, aunque yo estaba convencido de que llevaba años muriéndose lentamente, contagiado de muerte hacía ya cuarenta años, desde el instante en que se encontró tras la alambrada de un campo alemán para oficiales prisioneros de guerra. Mi madre, por supuesto, lo negaba. Mueres sólo una vez, decía, nadie anda por aquí como un muerto viviente. Mis amigos le daban la razón. Tú ves la historia como un romántico, me decían, y el destino lo ves como un paisaje pastoril en el que desde cualquier rincón acechan los demonios. No, decía yo, es que existen los hilos que atan las personas a los momentos cruciales, justo cuando el alma empieza a rendirse, así que la vida parece después tan sólo una madeja que se desovilla, hasta que el hilo se acaba, se tensa y –no hay otra palabra– arranca al alma de su vetusta morada. Los amigos hacían ademanes de disconformidad, mi madre seguía llenando los vasitos de aguardiente, las mujeres traían de la cocina saladitos de queso calientes. Eso fue después del entierro. El rabino pronunciaba sus oraciones en una voz tan baja que la gente se levantaba de puntillas para oírle mejor. Al día siguiente, mientras todavía tropezábamos el uno con el otro en el reciente vacío de nuestro piso, le dije a mi madre que me gustaría grabar la historia de su vida. Rebobino la cinta y aprieto el botón donde pone «Start». «¿Por dónde empiezo?», dice mi madre y en el mismo instante paro la cinta. No sabía qué decirle. Estábamos sentados a la mesa del cuarto de estar, yo tenía delante de mí una hoja de papel donde el día anterior había escrito «Mi madre: su vida», y ella tenía enfrente un micrófono con sus patitas metálicas metidas en el mantel de ganchillo. Las bobinas giraban en vano, yo miraba fijamente sus ojos oscuros, hundidos bajo las cejas. Supongo que ahora me da miedo ese silencio. Sin embargo, eran sus palabras las que me asustaron primero. Ya hace dos años que no oigo mi idioma. Tampoco he podido oírlo a menudo estando tan lejos, al oeste de Canadá, en una ciudad en la que todos somos inmigrantes. Así que, cuando desde el altavoz del magnetofón resuena –palabra adecuada por la casita en la que vivo–, simplemente me vengo abajo. Si en la mesa donde he puesto el magnetofón hubiese más sitio, habría apoyado la mejilla sobre la superficie lisa y en seguida me habría dormido. Anoche me reí de un viejo italiano que pretendía que en la palabra «Sicilia» había más significados que en el diccionario más completo, pero ahora estoy dispuesto a creer que tres palabras que no dicen nada pueden contar toda una vida. Mi madre esperaba, sabía esperar. Era mi padre el que siempre saltaba de la silla, corría a coger el teléfono, se sobresaltaba cuando sonaba el timbre de la puerta. Dibujé en un rincón del papel una estrella de seis picos, es decir un triángulo a través del otro. ¿Qué decirle a mi madre? No sabía dónde empezaban las cosas, dónde terminaban. Tenía sólo una sensación de ausencia y la convicción, después perdida, de que las palabras podían compensarlo todo. Esa pérdida de fe en las palabras hubiera alegrado mucho a mi madre. Toda fe es buena, decía, pero quien no sabe callar, no debe tener la ilusión de encontrar el consuelo en las palabras. De ahí la expresión de malestar en su rostro mientras yo ponía el magnetofón, colocaba el micrófono, estiraba los cables. Nunca quería disimular. Miraba a la gente directamente a los ojos y manifestaba lo que pensaba, lo que sentía, lo que tenía intención de decir. Infinidad de veces intenté repetir eso mismo, pero la mirada siempre se deslizaba a otra parte, se me apretaban los labios, las mejillas se me deshinchaban, levantaba la frente. Entonces dijo: «Sólo una vez quise morir, después, todo fue más fácil.» Estiro la mano hacia las teclas del magnetofón. No nos asusta el silencio, sino lo que viene tras él: la necesidad de elegir, la imposibilidad de volvernos atrás una vez que hemos hablado, los imborrables efectos del tiempo, el orden de las cosas en el universo. Las bobinas empiezan a girar otra vez. El silencio, como todo lo demás en nuestra memoria, dura menos de lo que creemos. En aquel momento, allí, pensé que, de continuar así, las cintas restantes no serían suficientes; ahora, aquí, ya no estoy seguro de haber dibujado algo sobre el papel que tenía delante. Si tuviera un lápiz, intentaría repetir, mientras la cinta sigue corriendo, la estrella de seis puntas, o bien dibujaría un cuadrado con un triángulo encima, y luego una fina espiral que lo transformaría todo en la imagen de una casa con chimenea, es decir, en una silueta como las que esbozaba con esmero en los márgenes de los libros y en los rincones de cuadernos durante las clases, las charlas literarias, los descansos en los conciertos, las reuniones de trabajo. Mientras las bobinas giran, un eje desengrasado o una correa de transmisión gastada, según explicaba Donald, hace un ruido estridente pero muy apagado, parecido al chillido de un ratón detrás del armario. La comparación con el ratón no la hice yo, pues nunca he oído gritar a un ratón, sino Donald, cuando intentaba convencerme de que su antiguo magnetofón todavía se podía utilizar. Estábamos en el sótano de la casa de sus padres, en un cuarto repleto de herramientas, antiguos utensilios domésticos, adornos navideños y montones de revistas polvorientas, inclinados sobre el magnetofón. Aquel sonido, le dije a Donald, era tan audible y obstinado que tenía serias dudas sobre si me dejaría oír la voz de mi madre. Primero escuché con el oído izquierdo, después con el derecho. Donald sólo hizo un movimiento con la mano, negando. No se trata, dijo, de los truenos que te machacan los tímpanos, sino de una sorda rebelión del material, que es como el grito de un ratón detrás del armario. Los europeos creen tanto en las virtudes de la duda, opinó, que se sienten más felices precisamente cuando no tienen que tomar decisiones. En este continente, dijo, el que duda se queda para siempre al margen o al principio, lo que, a su entender al menos, era lo mismo. Donald es escritor. Se acordó de su magnetofón en un restaurante situado en una vasta isla fluvial, transformada en parque municipal, cuando le hablé de mis vanos intentos de encontrar el aparato idóneo para oír las cintas con la voz de mi madre. Él creía que todavía lo guardaba en un rincón del sótano de su antigua casa familiar, y de hecho, estaba convencido de ello, pues su padre nunca tiraba nada y solía decir que todo se puede usar de nuevo, y que cada cosa espera otra oportunidad, lo que, según Donald, resultó cierto, por lo menos en este caso. Donald, sin embargo, odiaba ese magnetofón desde siempre, a causa de las cintas con las viejas canciones ucranianas y los coros religiosos que su padre no paraba de llevar a su habitación exigiendo que le dejara oírlas sólo una vez más, la última. Mi padre, le dije, nunca usaba mi magnetofón. Eso, en realidad, fue una de esas mentirijillas que nos ayudan a sobrevivir. Debería decir: que me ayudan a sobrevivir a mí, y evitar así la gran mentira de la generalización. No hay nada en este mundo que nos pertenezca a todos a partes iguales, salvo, quizá, las funciones biológicas. En pocas palabras, de vez en cuando todos hemos de vaciar la vejiga, pero nadie lo hace de la misma manera. Mi padre, por ejemplo, tenía una especie de estremecimiento cuando orinaba, y yo me quedaba, y sigo quedándome, completamente quieto, sólo a veces paso la lengua por los labios. Lo mismo ocurría cuando apretábamos los mandos del magnetofón: mi padre lo hacía con el pulgar, yo con el dedo índice. Habíamos comprado el magnetofón por un precio más que interesante, de un matrimonio que trabajaba en el extranjero y que deseaba así darle las gracias a mi padre. Era médico, ginecólogo, experto en abortos y también, como suele ser, experto en fecundación y seguimiento del embarazo. Fue él quien grabó su voz primero, recitando un poema de Vojislav Ilić, y en eso consistió mi mentirijilla. Exigió su propia cinta, y tenía previsto grabar varios artículos de las revistas especializadas en medicina, y escucharlos después del almuerzo, mientras descansaba. Nunca lo hizo. Ahí es donde mi pequeña mentira termina y deja paso a la verdad. Por otra parte, mi madre nunca se acercó al magnetofón. Durante años intentamos convencerla de que la cocina eléctrica era mejor que el fogón, y el calentador eléctrico más práctico que la caldera que alimentábamos con leña, periódicos viejos y trozos de carbón. La caracterizaba una tenacidad que mi padre, en aquella época, calificaba de «obstinación bosnia». Cuando ella decía «no», era «no»; no tenía otro sentido, ni otra interpretación, ni otra lectura. Tardamos años en conseguir que, después de un «no», dijera un «sí», pero incluso entonces desconfiaba, dispuesta a recordarnos, aun sin mala intención, su negativa inicial. En el fondo, llevaba razón. Los nuevos aparatos solían estropearse pronto, se fundían placas, calentadores y fusibles, los imanes dejaban de funcionar, se formaba cal. El horno de leña era para siempre. Toda una vida no bastaba para quemarlo. No había razón, consideraba ella, para que fuera de otro modo. La vida no es cambio, decía, sino repetición. Sólo ahora sé por qué en su fuero interno estaba echándose atrás, lo sé porque lo vi en sus ojos bañados en lágrimas cuando le acerqué el micrófono para grabar su voz, a pesar de sus anteriores rechazos. Se había terminado la repetición, la vida se había vuelto cambio. Le dije que lo hacía por mi padre, porque no había tenido el buen tino de grabar la historia de su vida, y le dije también que su historia, en realidad, iba a compensar el vacío que él había dejado. Si le hubiera dicho que lo hacía por ella, se habría negado. Nada se hacía *por* ella ni *para* ella, y sin embargo ella lo hacía todo por los demás. Todo confluía en mi madre, cada desgracia y cada fracaso, cada sufrimiento y cada desdicha. Donald la compararía con un pararrayos, capaz de aguantar todas las descargas de energías oscuras y diría de ella que siempre se nos adelantaba, dispuesta a consumirse con tal de salvarnos. Sé que lo diría porque le oí una vez comparar a su madre, o fue su tía, con un paraguas. Estaba encima de nosotros como un paraguas, dijo, y en ningún momento dejó que una gota nos mojara el pelo. Nunca podré hablar como Donald, nunca podré, sea cual sea el idioma, el suyo o el mío, enlazar así las palabras o hacer que de un encuentro de dos surja una tercera, callada, o incluso algo más que eso, una imagen, un significado que, en el fondo, es inexpresable. Ahora sé de dónde venía mi miedo. En dos años puedes olvidar tu idioma, en dieciséis puede desaparecer de la faz de la tierra, pero cuando desaparece, nosotros tampoco seguimos presentes. El sonido estridente es lo único que queda. Mi madre me miró: la forma en la que cerró los labios presagiaba que, según sus propias palabras, ya había «dicho lo suyo». La cinta giraba un rato más, después se escuchó cómo se abrió la puerta, y mis palabras: «Continuaremos mañana.» Continuamos diez días después, o incluso pasaron dos semanas enteras. Entretanto el desfile de parientes, amigos, pacientes de mi padre y vecinos ya había menguado considerablemente. Nos quedábamos cada vez más solos, especialmente por la tarde, y sin embargo mi madre seguía rechazando mis propuestas de reanudar la grabación. Una vez hasta lo preparé todo, desenrollé los cables y fijé el micrófono en sus patas, pero cuando apreté los botones, ella se puso de pie y se fue a la cocina. Esto lo oigo ahora, en forma de dos golpes sucesivos, parecidos al sonido de tragar, el primero corto, brusco, como si reflejara mi determinación, el segundo prolongado, que salió torcido, cuando, sin ocultar mi desesperación, paré lentamente el aparato. El tercero, en el momento en el que continuamos grabando de verdad, o bien cuando mi madre accedió a hablar, no lo he oído, o lo he perdido bajo el chirrido de los ejes desengrasados. Al carraspear un poco, mi madre por lo visto intentó recordarme que se sentía muy incómoda, pero yo ya lo sabía, tanto entonces como ahora, y más ahora, sólo que ni entonces ni ahora estaba dispuesto a aceptarlo. Sí, ahora comprendo lo difícil que tuvo que ser para ella superar el horror causado no tanto por el miedo a un aparato desconocido, sino por verse obligada e incluso forzada, en contra de todo su ser, a demostrarme su amor de madre y a decidirse a favor de él en los momentos en los que todavía estaba dolida por la pérdida de su verdadero amor, el que sentía por mi padre. Ahora, en la casita que según los criterios canadienses y a pesar de sus modestas dimensiones, se puede considerar una auténtica casa, aun cuando, según los criterios europeos y teniendo en cuenta el material empleado para su construcción, sólo se la debería llamar una barraca, acabo de comprender hasta dónde podría llegar mi egoísmo. Obligarla a hablar fue mi maniobra para tenerla sólo para mí, para convertir su pérdida en mi beneficio. Crees demasiado en las palabras, me dijo Donald una vez, y eso siempre es una carga para cualquiera que escribe, incluso si no es escritor. Escribir no significa creer en las palabras, dijo, ni en el habla, ni en ninguna posibilidad de contar, porque escribir es, en realidad, huir del idioma, y no, como pretenden, sumergirse en él. Quien se sumerge, dijo, está a punto de ahogarse, mientras que el escritor flota en la superficie, por donde los mundos se desmarcan, en la frontera entre el habla y el silencio. Yo no estaba seguro de entender lo que quería decirme. Le mencioné las cintas con las confidencias de mi madre y le dije que creía que de eso se podía hacer un libro. Donald meneó la cabeza en señal de duda. Estábamos sentados en el restaurante de la isla del río transformada en parque municipal, y mirábamos fijamente los rascacielos del centro de la ciudad. La construyeron sobre los montes cercanos, que antiguamente formaban parte de la pradera al pie de las Montañas Rocosas canadienses, así que los rascacielos del centro se encontraban en un valle limitado por un estrecho río y su aún más angosto afluente, de modo que podían verse desde cualquier sitio, estuviera uno donde estuviera. He oído los ejes otra vez, o quizá la correa transmisora se ha vuelto a ver frenada por un cabrestante, lo que ha dado la impresión de que mi madre hubiera aspirado una bocanada de aire entre sus dientes apretados. Por un momento pienso que va a estallar en llanto, pero en seguida me reprocho esa idea, pues ella nunca se permitiría llorar delante de nosotros, y menos aún tratándose de ella. Sí, lloraba por los demás, en los entierros o las bodas, y también en las salas de cine, cuando todavía, como familia, íbamos al cine, especialmente viendo *La violetera,* pero nunca lloraba por ella, ni siquiera cuando la ofensa era directa, el recuerdo doloroso o el sufrimiento evidente. «Cuando los alemanes entraron en Zagreb», dijo, «pisaron un suelo alfombrado de flores y chocolate». Conozco bien esa frase. Formaba parte de la historia y la mitología familiar, la escuchaba a menudo, cuando de noche mis padres hablaban con sus invitados sobre la preguerra. Sin embargo, ahora hay que añadir «antes de la segunda guerra mundial», pues mientras estoy aquí, en la casita que me arrendó una mujer china, viejecita y menuda, allí, de donde vine, han emprendido una nueva contienda, o más bien están terminando la anterior, llevan a cabo los propósitos no realizados, como si alguien hubiera sacado el pasado de los archivos filmográficos e instigado a los actores para que continuaran la escena interrumpida. Pero cuando nosotros dos estábamos bajo la lámpara antigua, el verdadero significado de esa frase se me escapaba. Mi madre, todavía vestida de negro, seguía sentada de manera poco natural, toda rígida, apretada contra el respaldo de la silla como si quisiese huir del micrófono, mientras yo, inclinado sobre el magnetofón, miraba la luz verde de control oscilando según el ritmo de su voz, y pensaba únicamente en la calidad de la grabación y en la posibilidad de que, en medio de la resistencia y el alejamiento de mi madre, sus palabras no se transformaran en pista magnética, o de que al final, por ser pronunciadas fuera del alcance de la sensible membrana del micrófono, resultasen desgastadas, prácticamente inaudibles, sin utilidad alguna. Ahora, si sólo supiera escribir, podría juguetear con la absurda paradoja de que las palabras desdeñosas de mi madre acerca de los alemanes fueron grabadas por un magnetofón y unas cintas fabricados en Alemania. No, no lo dijo con desdén. Para mi madre la historia era un hecho, un mazo que se abatía sobre ella a su antojo y con implacable precisión, por esto cualquier desdén sólo confirmaría el fracaso que ella sencillamente no estaba dispuesta a aceptar, por fuerte o doloroso que fuese el golpe. El desdén es mío, es algo que añado convencido de que ahora, alejado de la nueva guerra, comprendo mejor la antigua, aunque nunca he logrado entender por qué se le ocurre a alguien tirar chocolate a los pies de los soldados en marcha. Sin embargo, mientras las flores volaban por el aire y el chocolate se convertía en masa pegajosa, mi madre estaba preparando nuestras maletas, y muy deprisa. Zagreb ya no era la ciudad de antes; la vida de mi madre se había desmoronado del mismo modo que se deshizo la mía cincuenta años después, al empezar la nueva guerra, cuando Belgrado también se volvió una ciudad distinta, y por la que, aunque sin flores ni chocolate, pasaba otro, confuso, ejército. Seguro que Donald me recomendaría que comprobara los datos en relación con el lanzamiento de chocolate, para no apoyarme en datos poco sólidos. No existe nada tan fiable como la historia, dijo. Estábamos sentados en el restaurante de la isla del río, prácticamente en medio del parque, y él acababa de oír, con una sonrisa amable, mi idea acerca de la posibilidad de hacer un relato de la historia de mi madre, o incluso un libro, me atreví a añadir. Ese atrevimiento venía de mi sensación de soledad, del hecho de que siempre relacionaba la escritura con la soledad, y que ahora, después de vivir dos años al borde de la pradera, en las proximidades del Gran Norte, sólo me tenía a mí mismo. Donald me advirtió que suponer que un escritor escribe para escapar del abismo de la soledad no es más que un engaño de los mismos escritores y, por supuesto, de los críticos, que pretenden conferir una aureola de hazaña sobrenatural a lo que es simplemente oficio. Escribir, me dijo, significa buscar la verdadera medida entre lo real y lo imaginario, y hasta que ese sutil equilibrio no se consigue, escribir se reduce a vana propaganda, ya se trate de sobreabundancia de realidad en el realismo socialista o de exceso de irrealidad en el realismo mágico. Precisamente por eso, dijo, es tan difícil escribir sobre la historia, ya que ella nos aterra con su contundencia y nos inquieta con todas las posibilidades que se quedan sin realizar. Una mala novela histórica, dijo, la puedes escribir en un solo día, cómodamente arrellanado en la sombra de tu estudio, pero eso, claro, *después* de la historia que describes y atribuyendo a tus protagonistas la capacidad sobrenatural de saber lo que en la vida real, en la historia *auténtica,* de ninguna forma hubiesen podido saber. Como yo tampoco sé si todos los escritores tienen un pico de oro tan bueno como Donald. Si no escribiera, si no quisiera escribir un libro sobre mi madre, seguro que escribiría uno sobre Donald. A veces me da pena que Donald no esté a mi lado, y no sólo por el chocolate bajo las botas alemanas. Sin embargo, cuando una vez en su presencia esa idea me pasó por la cabeza, no me atreví a soltarla. No se trata únicamente del respeto, o incluso de la veneración que siento hacia los escritores, muy parecido, en realidad, a lo que ocurre cuando temblamos delante de las personas que tienen una habilidad para algo que siempre se nos escapa, sino también de la impresión de que la voz de mi madre, y más aún ahora, cuando está muerta, me pertenece únicamente a mí, de la misma íntima manera en la que nos pertenecen, por ejemplo, las visitas en el cementerio a una persona querida. Probablemente mi madre no estaría de acuerdo con esto. Si me vas a añorar, decía a menudo, añórame mientras vivo, porque cuando muera, me dará igual. Sin embargo, tras la muerte de mi padre, su tristeza fue sincera. Como todas las viudas, ella solía ir al cementerio judío de Belgrado con regularidad, para quitar el polvo, lavar la lápida, escardar y poner piedrecitas, pero en sus ojos ya no había brillo alguno, la vivacidad se le había esfumado del cuerpo, sus manos descansaban la mayor parte del tiempo en su regazo, y cuando la encontraba en su dormitorio, que ya no pertenecía a los dos sino a ella sola, podía ver que simplemente se había hecho más pequeña. Cuando estábamos en el cuarto de estar y ella, a pesar de mis advertencias, alejaba obstinadamente la cabeza del micrófono, no resultaba todavía visible: con la herida reciente y el dolor todavía por explorar, la ausencia resultaba tan real que parecía una presencia. Al final dijo: «Me ponía cerca de la ventana y veía cambiar a los habitantes de Zagreb.» Le pregunté en qué lo podía notar. «Andaban erguidos, hablaban con voz más aguda y la espalda recta, y levantaban los hombros. En Belgrado, cuando llegamos, la mayoría de la gente caminaba cabizbaja, sola o en parejas, y murmuraba. Cada vez que los niños se reían, yo tenía que reñirles.» Mencioné el miedo. «El rabino también me lo preguntó», me dijo, «cuando fui a verle y pedirle que me convirtiera a la fe judía. ¿Acaso no ve lo que está pasando?, me preguntó, ¿no tiene miedo? Eso fue en 1938. Yo quería que nuestros hijos supieran por fin quiénes y de dónde eran, y quería también que por fin conocieran a su abuelo y a su abuela. No pensaba en nada más». Sacó el pañuelo y se sonó la nariz. Yo también estoy sacando el pañuelo para sonarme la nariz. «Bosnia cabeza dura», decía de ella mi padre, pero con ternura, como si alguien dijese «guauguau» o «minino», y era bastante cierto, igual que era cierto que él tenía una tierna cabeza judía, y que siempre se apartaba, no para abandonar, sino para buscar otro camino, mientras ella seguía esperando y sin moverse hasta conseguir lo que tenía decidido. Su primer marido era de una familia askenazí ortodoxa, y fue probablemente de izquierdas, incluso comunista, aunque ella nunca lo dijo. Mi madre, que entonces todavía no lo era, contrajo matrimonio civil, que en aquella época sólo podía hacerse en dos sitios en toda Yugoslavia, como me comentaron mucho más tarde. Sus padres, que como todos los auténticos judíos tenían los recipientes separados para el sabbath y las fiestas, no lo podían aceptar. Siguieron negándose a ver a sus nietos hasta que mi madre no se metiera en la piscina ritual y les mostrara el certificado de que ya no se llamaba Mara o María, sino Miriam. Los cañones ya disparaban, Hitler iba dándole mordiscos a distintas partes de Europa, y ella se convertía en judía para, como me dijo una vez, dejar las cosas claras. Paro el magnetofón y me voy a la cocina, busco la caja de galletas, pongo agua para el café. A lo mejor me he equivocado respecto a las afinidades políticas del primer marido de mi madre. ¿No le había puesto a su hijo pequeño Alejandro de segundo nombre? El primero era judío, pero el segundo sin duda suponía un elogio al rey homónimo, lo que definía al primer marido de mi madre más como un adepto a la idea de Yugoslavia que como izquierdista o comunista, pues a éstos el rey les importaba un pimiento. Esa era una de las expresiones favoritas de mi madre, la de me importa un pimiento. Su habla era una mezcla de proverbios y refranes, de agudeza popular y versos de cantares épicos, de repentinas moralejas y perspicacia campesina. Cuando se lo mencioné a Donald, comentó que con eso podría hacerse un estilo. El escritor es estilo, dijo, y si no tienes tu propio estilo, sólo remueves las cenizas apagadas. El agua hierve y la echo en una taza con café instantáneo. Le pregunté a Donald cómo se conseguía el estilo propio. No estoy seguro de haber usado la palabra adecuada; ¿tal vez el estilo se encuentra?, ¿o luchas por él?, ¿tal vez se conquista? Estábamos en el restaurante de la vasta y plana isla fluvial, y hablábamos a media voz, como dos conspiradores. Donald lo negó con la mano. Mientras el escritor reflexiona acerca del estilo, dijo, no lo consigue. Sólo dejando de pensar en él, empezará a entrever lo que es un auténtico estilo, y cuando lo domine por completo, dijo, llegará a escribir de verdad. Me costaba dar crédito a mis oídos. Pues si Donald tenía razón, de lo que yo no dudaba, entonces las historias se escribían solas. De todas formas, me quedé sin saber lo que era un estilo. Volví a casa, escribí sobre un papel «Estilo: encontrarlo para realizarse», y con una placa magnética lo fijé sobre el frigorífico. Allí no tardó en perderse entre la multitud de los demás mensajes que me dejaba a mí mismo, es decir entre los anuncios de coloquios literarios y de trabajo, los recortes que quería enviar a los conocidos, informaciones sobre los métodos de cálculo y abono de los gastos de la comunidad, letreros con direcciones de los centros para recogida y reciclaje de residuos. Mi madre no lo soportaría. Durante años iba detrás de nosotros, recogía por toda la casa los objetos tirados y los ordenaba en los armarios. Los platos sucios nunca pasaron la noche en nuestro fregadero. Las sábanas siempre estaban almidonadas y planchadas. Las camisas tenían los dobladillos impecablemente lisos. Los calcetines se convertían en pelotas invertidas, concienzudamente guardadas en los cajones. Cuando le llegaba el turno a la bandeja de plata, la limpiaba con mucho esmero, hasta que la última mancha oscura desapareciese. De poco le servía a mi hermana protestar y declarar que tenía ordenado su propio desorden. Mi madre se agachaba y levantaba el libro, el cuaderno, la blusa, el guante. Desde que se levantaba, a la seis de la mañana, hasta que se iba a la cama, a eso de las diez como muy tarde, no paraba de trajinar. Se sentaba la última a la mesa, se levantaba la primera, recogía platos, tenedores, servilletas grasientas, tiraba los restos, limpiaba la mesa. Yo no he heredado nada de todo eso. A decir verdad, no hay nada en mí. Desde que estoy aquí, me arrastro como una concha vacía cuyo interior reproduce el fragor de un mar inexistente, llevo ropa como la carga más pesada, me doblo ante las ráfagas de viento, perplejo de tener fuerza bastante para sostener la taza de café. La dejo en la mesa, al lado del magnetofón. No estaba satisfecho de cómo mi madre había empezado su historia, pero no quise intervenir. «Fuimos a visitarles en la primera fiesta que hubo», dijo. «No recuerdo lo que fue, si Sucot o Janucá, quizá Pesaj. Los dos estaban llorando. Abrazaban a los niños, que también lloraban, luego se enjugaban las mejillas, primero a los niños, después a sí mismos. A mí no me miraron ni una sola vez. Cuando empezó la guerra, se negaron a ir con nosotros a Serbia. Decían que nadie les iba a tocar en su piso, que nadie necesitaba a dos viejos como ellos. Seguían sin mirarme, incluso cuando me dieron la mano para despedirnos, tenían la mirada en otra dirección, hacia el suelo o en los niños. Y mientras nosotros todavía estábamos camino de Belgrado, los ustachis ya les iban inscribiendo en sus listas de judíos. Poco después empezaron a formar las mismas listas en Belgrado, y a llevar a la gente al campo de Banjica, al del arsenal de artillería, al del recinto de la feria. En los primeros momentos el dinero ayudaba, el oro más si cabe, los diamantes también. Después ya no servía nada.» Otra vez te volviste serbia, le dije. Ahora me resulta difícil de creer que algo semejante pudiera salir de mi boca, pero lo dije, ningún chirrido de ejes oxidados podía anularlo. Si supiera escribir, seguro que describiría la mirada que me dirigió mi madre. Dijo: «No, nunca dejé de ser serbia, como tampoco me resentí de la fe judía. Durante la guerra, la vida no es más que un documento. Eres lo que está escrito en él, y en todos mis papeles seguía siendo serbia. Me inscribí con los hijos como refugiados serbios del Estado Croata Independiente, y nos mandaron a Kruševac, donde se nos destinó a uno de los pueblos de alrededor. Allí llamaba a los chicos únicamente por sus nombres serbios, les ponía ropa corriente, les enseñé a santiguarse. Los demás judíos hacían lo mismo. Callábamos, hacíamos las tareas que los patrones de la casa nos mandaban, dormíamos donde nos habían alojado. Nadie pedía nada de la vida, nos bastaba con seguir viviendo, tomar leche por la mañana, polenta por la noche, un poco de queso fresco durante el día. Nos levantábamos y nos acostábamos, y el día siguiente lo mismo.» Mi vida también consiste en eso, en levantarme y acostarme una y otra vez, y por mucho que lo intente, no consigo hacerla diferente, ni siquiera con la ayuda de Donald. Mi madre dice: «A veces un poquito resulta tan grande, que es mejor no pedir más.» Ésa también es una de las frases cuyo sentido sólo ahora entiendo completamente. Luego tosió. La membrana del micrófono no resistió, la lámpara de control tembló convulsivamente, como si fuera un corazón a punto de dejar de latir. Me oigo preguntándole si quería un vaso de agua. Ella sacó el pañuelo blanco de la manga de su blusa negra y se sonó la nariz. «Es por las lágrimas», dijo. Yo no estaba seguro de a qué se refería. Le ofrecí que paráramos. Los ejes crujían y las correas de transmisión seguían gimiendo, así que podía oírse el silencio en el que ambos esperábamos su respuesta. Fue entonces cuando por primera vez estuve a punto de dejarlo. Con la mirada puesta en su rostro, me decía una y otra vez: le haces daño. A lo mejor había que decir esta frase en voz alta. Sin embargo, la voz, según me lo explicó Donald, no son palabras, la voz es onomatopeya de las palabras, por lo que el verdadero discurso no se oye, sino que se pronuncia por dentro. En aquel momento, sentado junto a ella, en la habitación que todavía recordaba tanto a mi padre, yo no lo sabía. Por entonces escribía largos poemas en versos cortos, que nadie quería publicar, y en los que glorificaba la incorruptibilidad de la naturaleza y la precisión de las cosas. La historia de mi madre, o bien la historia sobre ella, tenía que cambiarlo todo. Cuando terminamos con la grabación, puse las cintas en sus estuches de cartón y las metí en el armario con los libros, y desde entonces, sin contar la última vez que pintamos la casa, no las toqué, hasta que, hace dos años, decidí marcharme. Escribir, o mejor dicho: la idea de escribir, fue abandonándome como tantas otras cosas. Siempre empezaba algo, sin terminarlo jamás. Indeciso sobre el orden y el título, ni siquiera pude dar forma a ese conjunto de poemas. Mi madre, por supuesto, era diferente. Lo que puedas hacer hoy, decía, no lo dejes para mañana. Si había que fregar platos, ella lo hacía; si había que hacer una empanada, la empanada estaba en el horno antes de que ninguno de nosotros se diera cuenta. Si ella no hubiese sido así, mi padre, después de regresar del campo de concentración, probablemente se habría hundido como una piedra arrojada al agua. Mi madre era diferente: ella tiraba, empujaba, salía de cualquier apuro. Si las pérdidas pueden compararse, las que tenían los dos eran iguales –la primera mujer de mi padre y sus hijos fueron asesinados en el campo de concentración de Niš; al primer marido de mi madre le fusilaron, sus hijos murieron en un accidente ferroviario– y mientras mi padre miraba constantemente hacia atrás, ella, en cambio, seguía adelante. El dolor existe para doler, decía, nada puedes hacer al respecto. El padre sólo sonreía; si ella no le hubiese apoyado en cada momento, él se habría derrumbado a buen seguro. «Me gustaría continuar», dijo mi madre. Aparté la mano de los mandos del magnetofón. «Pero no quiero hablar del odio. Nunca he odiado a nadie. La desgracia viene cuando le apetece, no hay nada que hacer.» Otra vez levantó el pañuelo hasta la nariz y las comisuras de los ojos. «Si Dios lo hubiese querido, todo hubiese sucedido de forma diferente. Uno va por el camino que le lleva hasta el punto donde comienza otro camino. No hay cruces ni retornos. Cuando Belgrado fue liberado, la guerra había terminado para nosotros. Nos quedaba regresar a casa, aunque yo no sabía dónde encontrar la nuestra. Cuatro años de la vida en el hogar de otra gente hicieron que mi único deseo, siempre presente, era buscar un sitio que se llamase mío. Primero me fui sola a Belgrado. Llevaba una lata de tocino, un pequeño saco de harina, nunca se sabía cuándo podrían hacer falta. En algunas aceras yacían todavía soldados muertos. No hay nada tan terrible como tener que pasar por encima de un cadáver, pero hubo momentos en que no lo pude evitar. Todos eran jóvenes, aquellos cadáveres, incluso los que tenían barba. Regresé al pueblo cercano a Kruševac y dije a mis hijos: Nos vamos a casa. Creían que pensaba en Zagreb, pero yo no tenía en la mente nada concreto. Ni siquiera sabía si Zagreb todavía existía, y aun cuando existiera, nunca habría regresado allí. Donde no te quieren una vez, no van a quererte más la vez siguiente, y probablemente tampoco te querían antes. No intentaba explicárselo a los niños, cada uno tiene derecho a su amor.» Y así fue: a pesar de todas las pérdidas, de sus labios sólo salían palabras de advertencia. La historia era una suma de hechos, los sentimientos nada tenían que ver, así que nosotros debíamos adoptar nuestra propia actitud tanto hacia la historia como hacia los hechos y los sentimientos. No existe una visión global, ni un conocimiento o saber prescrito para revelar al hombre cómo es el mundo, cada uno ha de descubrir por sí solo ese conocimiento y ese saber. Ella no lo dijo con estas palabras, soy yo quien intenta definir su esencia. Pero claro, mi intento es inútil. Cuando murió mi padre, comprendí que las personas que más desconocemos son precisamente nuestros prójimos, de allí mi empeño en que mi madre contara su vida. Sin embargo, cuando murió, doce años después, tuve que admitir que la conocía poco, al igual que antes. A decir verdad, durante sus últimos días, en el hospital o en nuestro piso, veía a los dos desnudos, les llevaba en brazos, les limpiaba la orina y los excrementos, les cambiaba la ropa, tocaba el escroto de uno y los senos arrugados de la otra, pero eso no era más que el cuerpo, el caparazón, la cáscara imprescindible del alma humana. Si supiera escribir, si supiera manejar alusiones literarias, podría atribuir a esa desnudez lo que quisiera, encajarla en la tradición o darle un significado universal. Bobadas, diría mi madre, no hay significados universales, todos estamos desnudos como los gusanos y temblamos por nosotros mismos bajo la bóveda del cielo. Aun cuando éstas no fuesen sus palabras, estoy seguro de que a Donald le hubiesen gustado. Le conocí poco tiempo después de llegar a Canadá y, como se suele decir, por pura casualidad, lo que es un auténtico disparate, porque nada, y menos eso, es una casualidad. Entré en una librería y le pedí al vendedor el libro que expresara mejor las vacilaciones del alma canadiense. Donald, que estaba allí, escuchó mi pregunta y ayudó al perplejo vendedor, no sin alabar la originalidad de mi manera de abordar la literatura. Así, poco a poco, me invitó a tomar una cerveza. Donald es escritor, y si ya lo he dicho, es porque necesito repetirlo para apaciguar el deseo de decir lo mismo de mí. Yo no soy escritor. Los poemas que había escrito no los leía nadie, incluso hubo un momento en que yo mismo dejé de leerlos, aunque he guardado el manuscrito del poemario inacabado. Supongo que en la poesía ha de haber la precisión del propósito, o por lo menos el camino indirecto, sólo en apariencia impreciso, pero capaz de conducir justo hasta el propósito marcado, y yo carecía de ambas cosas desde siempre. Por eso mis lecturas se inclinaban más hacia los escritores que no tenían un objetivo claro, o hacia aquellos, y me parecen los mejores, que ni siquiera lo tenían. Según ese parámetro, mi madre era poeta, igual que mi padre era narrador. En el fondo, mi madre fue un poco de todo. De niños nos leía mucho, a mi hermana y a mí, nos recitaba los poemas populares, cantaba las baladas bosnias, corregía nuestros deberes. Cuando crecimos, se apartó. No, no lo hizo del todo, ya que seguía vigilándonos como la auténtica *yidishe mame* de los chistes judíos, nos ayudaba a tomar decisiones, se ocupaba de nuestra ropa. Los regalos para nuestros cumpleaños siempre eran prácticos: *Diccionario de las palabras y locuciones extranjeras* de Vujaklija, por ejemplo, o *Pequeña enciclopedia* de Prosveta. Sin embargo, cuando de los amores infantiles pasamos a algo más serio, se apartó de verdad. Cada uno se forja su propia felicidad, decía. Sólo una vez tuve entre mis manos un martillo de herrero, y mientras mis músculos se esforzaban en vano, me di cuenta que nunca podría forjar nada. Por eso precisamente estoy ahora aquí, en el norte, viendo cómo mi vida empequeñece cada vez más y cómo chisporrotea igual que hierro candente en el agua. Espero que la comparación resulte idónea, que el metal candente no traicione el ardor gélido del invierno canadiense. Donald insistió en que lo tuviera en cuenta: si escribes del desierto, dijo, no debes mencionar el brillo de las escamas. Lo mismo decía mi madre, apostillé. Estábamos sentados en el restaurante de la isla fluvial tomando cerveza y cacahuetes. La camarera se acercó y nos rellenó las tazas con café caliente. Dos por dos son cuatro, dijo Donald, pero resulta increíble cuánta gente es incapaz de hacer ese cálculo. Mi madre estaría de acuerdo. Ella siempre sabía cuánto dinero tenía en el bolsillo, cuánto en su bolso, cuánto en el cajón del armario de su dormitorio. Mi padre traía el sueldo, ella administraba el presupuesto familiar. Nunca he aprendido cosas como el arte de ganarse la vida o de gastar dinero. «Y entonces me senté con nuestros anfitriones», dijo mi madre, «eché la cuenta y les anuncié que nos íbamos. Nos ofrecieron quedarnos el tiempo que quisiéramos, pero yo ya estaba en otra parte. La guerra había concluido, por lo menos allí donde nos encontrábamos, y por tanto aquello cambiaba todo. Si no tienes elección, te quedas tranquilo y calladito, pero si puedes escoger, has de tomar una decisión. Preparé nuestras cosas en un día, pero pasaron al menos cuatro o cinco semanas hasta que de verdad estuvimos preparados para marcharnos. Iba entretanto a Belgrado, intentaba encontrar a los amigos, visitaba la comunidad judía. Cuando repasaba las listas de los desaparecidos, el vacío que durante los años de la guerra me ahogaba como una serpiente, aumentaba con cada nombre desconocido. Tantas personas se habían convertido sólo en nombres y apellidos que me daba vergüenza estar viva. Fue al final de diciembre, el último día del año, cuando tuvimos que ir a la estación de trenes, pero los bueyes no querían acercarse al carro. Su amo les amenazaba, les pegaba latigazos, pero ellos ni moverse. Los muchachos se sentaron encima de las mantas, en silencio, uno frente al otro. Esa fue la última vez que les vi». Entonces calló. Pensé que iba a coger el pañuelo, pero ella sólo seguía mirando el micrófono. Todavía espero oír un sollozo o un llanto, aunque sé que no va a mostrar nada. ¿A lo mejor el silencio forma parte del estilo? Por eso a veces me da pena que Donald no esté a mi lado, aunque a la vez me preocupa el tema de la traducción, ya que, como él no entiende nada a no ser que yo le traduzca las palabras de mi madre, me vería incapaz de prestar atención a lo que ella está diciendo, pues una traducción de este tipo exige continuamente que uno borre el contenido inicial, por lo que ninguna de sus palabras permanecería conmigo. Eso es, supongo, una duda inevitable para todos los inmigrantes, aunque algunos la atribuyen al signo del zodíaco bajo el que se ha nacido. De signos no entiendo, pero en cuanto a lo primero, sé que nunca he tenido dudas, por lo menos durante los años antes de la guerra civil. Puede que ahora, desde tan lejos, vea las cosas desde una perspectiva equivocada, a lo mejor estoy adaptando mis recuerdos a las nuevas exigencias. Pero sí recuerdo la certidumbre y la seguridad con las que andaba por las calles. Aquí camino agachado, con la vista siempre clavada en la acera, en el punto en que voy a apoyar el pie izquierdo o el derecho. En nuestro antiguo cuarto de estar, sentado con mi madre, solía apoyarme en el respaldo de la silla, pero ahora ni siquiera intento saber si la silla tiene respaldo. Pienso que mi madre también se sentaba así, siempre tensa, prácticamente al borde de la silla, casi encorvada, a diferencia de mi padre, que sabía arrellanarse en los sillones y relajarse. Si fuera más hábil, podría profundizar en esa imagen, pero me faltan las palabras. Como si me hubiera vuelto más pequeño desde que ya no hablo mi idioma. Eres tantas personas cuantos idiomas hablas, decía mi madre, pese a dominar únicamente su idioma nativo. Hablo del idioma porque precisamente él, este idioma ajeno, no para de decirme que no es aquí adonde pertenezco, que me es imposible expresar en él los conceptos abstractos con precisión, y que estoy condenado al mundo de sustantivos y números, grandes titulares de periódicos y etiquetas del supermercado. El mayor problema de la escritura literaria, y al mismo tiempo su mayor atractivo, dijo Donald, es que en realidad el escritor siempre escribe de sí mismo. No quise contradecirle, pero tuve ganas de añadir que nadie es capaz de ser lo que no es, y menos aún ser otra persona. «Cuando los vi de nuevo, ya no estaban vivos», dijo mi madre. «Pero en aquellos momentos, justo antes de irnos, los vi con claridad, tal y como eran, y a la vez como un par de personas distintas, como si cada uno tuviera dos caras. Luego ya pudimos acercar los bueyes al carro. Llegamos a la estación y nos sentamos en el tren. Con nosotros viajaba una familia judía. Ellos también regresaban a Belgrado. De repente me parece que la vida se despliega ante mí, me dijo la mujer. Como si la estuviera viendo ahora mismo pronunciando esas palabras, con sonrisa, casi gozando. Y lo primero en lo que pensé después del accidente, fue esa frase: De repente me parece que la vida se despliega ante mí. Cuando el médico entró en la habitación, no tuvo que decirme nada. Ya lo sabía. Sólo le pregunté si podía verlos. Los enterré en el cementerio de Velika Plana. Delante de sus lápidas comprendí por fin la agria verdad de las palabras de la mujer del compartimento. Ella sobrevivió, como todos los demás, las únicas víctimas fueron mis dos hijos, así que de hecho mi vida se había desplegado ante mí, es decir que, al tocar fondo y reducirse a un solo punto, no podía por fuerza sino empezar a desplegarse, quisiera yo o no. Vagaba por las calles de Belgrado como una sonámbula.» Lo hacía vestida con un abrigo de piel que, tanto para ella como para muchas otras mujeres de la preguerra, era la única prueba de que antes habían vivido tiempos distintos. El abrigo y el álbum de fotos, eso era todo lo que guardó. Mi padre poseía incluso menos, pues al principio de la guerra fue movilizado y después llevado al campo de concentración en Alemania, por lo que sus bienes se vieron reducidos a unas cuantas docenas de cartas, dos cuadernitos para los apuntes diarios, los versos de Vojislava Ilić y tres o cuatro fotografías, seguramente las que se llevó cuando lo cogieron. Mi madre también tenía un pequeño fajo de billetes de la antigua Yugoslavia. Nunca permitió que los destruyéramos, convencida de que, como decía, un día las cosas tenían que cambiar. No se refería a la política, que no le suscitaba ni el más mínimo interés, sino a la situación económica, y esa frase, que podía incluso sonar como una amenaza, la repetía cada vez que los precios en las tiendas empezaban a dispararse. La política, para ella, se resumía en la expresión: quítate tú para ponerme yo; para el sistema en el que vivíamos tenía la frase: Allá van leyes do quieren reyes; de sí misma decía que era una superviviente de las «Juventudes del emperador Francisco José». Nunca pude entender del todo esta última declaración suya, pero entre numerosas interpretaciones con más frecuencia aceptaba aquella que decía que cuando una vez coges el gusto a la monarquía –y mi madre de hecho había nacido durante el reinado austrohúngaro–, ya no puedes sentirte a gusto en ninguna otra forma de Estado. Si en eso hay algo de verdad, se puede decir que mi madre siguió siempre una línea descendente: del Imperio, pasando por la monarquía yugoslava antes de la segunda guerra mundial y la supuesta democracia inmediatamente después del conflicto, hasta el comunismo de partido único. Las frases de este tipo, opinó Donald, no deberían figurar en una obra literaria bajo ningún concepto, por muy exactas que sean a la hora de describir al personaje. Protesté diciendo que no era cuestión de exactitud, sino sentido de la concisión. Mi madre nació en vísperas del desmembramiento de un Imperio y el nacimiento de un nuevo Estado, y tal vez precisamente por eso nunca pudo estar segura de su exacta pertenencia, lo cual es la forma más dura de pertenencia. Me imagino que, cuando su nuevo país, Yugoslavia, se descompuso en la segunda guerra mundial, ella pudo pensar, al menos por un instante, que dada su posición de desplazada y al no pertenecer a nadie por fin era libre, pues la suprema libertad deriva de no pertenecer a nadie, igual que cinco años más tarde, cuando el país había sido restaurado, podría haber pensado que la acción de la historia había sido más débil que nunca, lo que cuarenta y cinco años después se revelaría como la mayor de las ilusiones, pues la historia decidió acabar tranquilamente el trabajo iniciado medio siglo antes. Donald se perdía en esa declaración que mezclaba los tiempos históricos y los tiempos gramaticales, los territorios y la sangre, las fronteras y las divisiones. En resumen, le dije, cuando Yugoslavia se desintegró por segunda vez, mi madre podía morir feliz, libre de todo tipo de pertenencia. Ya no subsistía nada en ninguna parte: ella era como un sueño que se hubiera desarrollado en otro ajeno. Nunca tuvo nada, nunca recibió nada, siempre la despojaron, siempre daba y perdía, y si había algo cuyo recuerdo puedo guardar al final de su vida, era el generoso amor de dos hombres, sus dos amores en definitiva, a la vez distintos y confundidos, vertiéndose el uno en el otro, y que era lo único que a veces podía hacerle pensar: Eso me protegerá. Sí, dijo Donald, pero ¿qué es el amor? Yo no estaba preparado para semejante pregunta. De hecho, no estaba preparado para las preguntas de ninguna clase. Vine a ese restaurante de moda, en la isla fluvial, exclusivamente para tomar a gusto una cerveza, y sin embargo me veía en la situación de discutir acerca del sentido de la vida humana. Si supiera escribir bien, describiría la rabia que me entró en aquel momento. Si supiera escribir, escribiría un libro y no agobiaría a Donald pidiéndole siempre consejos. Donald es escritor y supongo que por eso me inspira tanta confianza. A mi madre eso no le habría gustado. Al contrario de mi padre, ella siempre decía que era mejor ser desconfiado que bienintencionado, y mientras mi padre abría los brazos a todo el mundo, ella sabía esperar con los brazos cruzados en el pecho. Pensándolo mejor, siempre estaba sentada de esa forma. Alguien diría: así cerraba el camino hacia su corazón, pero mejor sería decir que cerraba el camino *de* su corazón. Cuando al final bajaba los brazos delante de alguien, su cara también cambiaba y yo, de pequeño, podía ver en aquellos instantes su expresión radiante. Cuando los hijos crecen, dejan de percibir lo que podían ver antes, y lo ponen en duda, pero eso no quiere decir que lo que podían ver ya no existe. Una noche, por ejemplo, cuando tenía nueve años, estábamos sentados en la oscuridad frente a la casa familiar en un pueblo bosnio de casas desperdigadas, y veíamos claramente que de su rostro emanaba un esplendor blanquecino. Pensé que se trataba de la luz de la luna, pero cuando levanté la mirada, vi únicamente la oscuridad aún más densa de las nubes. También durante la grabación, primero en el cuarto de estar, después en el dormitorio, una vez incluso en la cocina, tenía de vez en cuando las brazos cruzados en el pecho. Dijo: «No estaba desesperada, no pensaba en el final. Me sentía tranquila. Sólo me parecía obvio que desplegarse requiere espacio vacío, y que si poseía algo, era precisamente el vacío. Y siempre andaba algo inclinada hacia adelante, como si fuera empujando ese vacío. Entonces conocí a tu padre. Él acababa de volver del campo de concentración, delgado, menudo, con la ropa que le habían dado los americanos, el pelo rizado y canoso y la cara huesuda en la que todo, salvo los ojos, estaba muerto. Al principio no paraba de llorar. Reclinaba la cabeza en mi hombro y lloraba, con sollozos desgarradores, como un niño, como si algo se arrancara de él. Nos casó el rabino, no el que antes me había convertido a la fe judía, sino otro, quizá un poco más joven, aunque en aquella época su aspecto no lo decía claramente. Los que no estuvieron en los campos de concentración se encontraban en el exilio o se escondían en las casas de los amigos, lo que tenía el mismo efecto, ya que la guerra les dejó a todos una firma en la cara. A tu padre le destinaron a Peć, donde tenía que trabajar como ginecólogo en el hospital municipal. Nos alojaron en la casa de una familia turca, en dos dormitorios de la planta de arriba. Incluso en aquellos años todo el mundo se construía altos muros alrededor de su casa, así que muy pronto, sentada al lado de la luz parpadeante de la lámpara de gas, tuve que imaginar mi vida como una caída al abismo. Me preguntaba constantemente si tal vez me equivocaba, si a pesar de todo, aquella mujer del tren tenía razón, sólo que yo no conseguía encontrar ni rastro de dicha ampliación. Dos años tuvieron que pasar para que a tu padre le dieran un puesto en el hospital de Ćuprija y dos años tuve que esperar para que aparecieran las primeras señales de la eclosión. Yo ya estaba harta de escuchar historias de boca tanto de los serbios como de los albaneses, y sólo quería marcharme de Kosovo. Donde cada voz tiene doble eco, no hay sitio para la verdad. Al mismo tiempo tenía la impresión de que nunca había estado tan feliz, nació tu hermana, después tú, así que al menos había encontrado la paz del cuerpo, y si el cuerpo está en paz, el alma también se serena. Oigo mi voz diciendo que mejor sería parar por aquel día, que seguro que está cansada. «No estoy cansada», dijo. Mi voz dice que sí. Me suena familiar ese tono impaciente; probablemente tenía que ir a alguna parte. «Si lo hago bien», añadió, «puedo hablar así mucho tiempo». Le dije que sí, que lo hacía bien, pero que –me paré un poco– tenía que escuchar la cinta para poder preparar nuevas preguntas. Tal vez al mismo tiempo miraba fijamente el papel en el que todavía estaba escrito únicamente «Mi madre: su vida», aunque el número de estrellas de seis puntas, cada vez más pequeñas, había crecido considerablemente. Ahora, en esta ciudad canadiense, me repugna haber sido capaz de mentir a alguien que unos cuantos días antes había enterrado a la persona más cercana; allí, en Zemun, ni siquiera vacilé. «Bueno», dijo mi madre y yo sabía que no me creía. Se puso de pie. Puedo oír cómo crujen primero la silla y luego el parqué bajo sus pies, cómo abre y cierra la puerta del dormitorio. He estirado la mano y parado el magnetofón. Oigo nuevamente ese chasquido, cuando el magnetofón se graba a sí mismo, luego la cinta sigue girando, a pesar de no estar grabando ninguna voz. Por supuesto, no cuento el chirrido. Rebobino la cinta, la pongo otra vez, y luego la rebobino una vez más. La historia de mi madre continúa en otra cinta, aunque no acierto a imaginar un motivo válido para no haber seguido utilizando ésta hasta el final. Todo nuestro pasado está tejido de actos y gestos nimios cuyo significado se nos escapa por completo. Ésas son palabras de Donald, pero estoy convencido de haberlas pronunciado yo también alguna vez, incluso antes que él. De hecho, a menudo me siento presente en varios sitios al mismo tiempo, y en épocas distintas, repitiendo además los mismos actos una y otra vez. Quien sabe escribir podría hacer de ello un buen relato. Donald, sin embargo, consideró que para un buen relato se precisa algo más. No dijo en qué pensaba, tuve que animarle. Romper el corazón, dijo, en cada historia el corazón ha de romperse, no sólo a causa del amor, sino a causa de todas las cosas que lo pueden romper, como la pasión, por ejemplo, o la fe. Si el corazón no se rompe, se rompe el relato. Me gustó lo del relato, aunque no supe explicarme cómo y por dónde se produciría esa ruptura, qué es lo que se rompía y dónde iban las palabras, inglesas o serbias, da igual. Un filósofo advirtió una vez que lo que más puede enloquecer al hombre es el convencimiento de que domina el idioma, ya que en realidad es el idioma el que nos domina, o algo así. Yo lo he comprobado durante estos dos últimos años en Canadá, tal vez mejor que ninguna otra cosa, y nada me resulta tan familiar, tan evidente como ese poder del idioma. He podido sentir cómo otra lengua se apoderaba de mí, me sometía a sus exigencias, me convertía incluso en otra persona. Por eso me eché atrás cuando oí la voz de mi madre, pero no porque proviniera, como suele decirse, de ultratumba, sino porque sentí, igual que un profundo dolor, que *mi propio* idioma me llevaba cada vez más lejos de mi nuevo yo y me hacía regresar con mucha velocidad a mi forma originaria. Cuando se lo comenté a Donald, él dijo que no había que meter esas cosas en el relato. El que da explicaciones, dijo, se las quita al relato. Yo sin embargo afirmé –no sé de dónde me salió tanto atrevimiento– que todo podía constituir un relato, incluso la ausencia de relato. Nos habíamos sentado en el restaurante de la vasta isla fluvial, que, ubicado justo en el centro de la ciudad, absorbía toda su energía. Por eso siempre íbamos al mismo sitio a tomar algo, aunque Donald lo veía sólo como una muestra más del espíritu europeo. Ves, me dijo, es la tercera vez que estamos aquí y ya tengo esa decadente impresión europea de poseer un lugar. Donald soñaba con Europa como un europeo sueña con América. Tiempos atrás, yo también soñaba con América. ¿Quién no lo ha hecho alguna vez? A mi madre también le dije que le vendría bien contarme algún sueño suyo. Se negó. De hecho, dijo: «Si sueño con alguien, es que le va a ir fatal.» Oigo mi voz, silenciosa y alejada, como si estuviera en el otro lado de la habitación, pidiendo más explicaciones. «Es que todo se cumple», dijo. «Cuando sueño con una enfermedad, sé que no hay manera de eludirla. Cuando sueño con una persona, al día siguiente aparece en nuestra puerta. Y siempre sé de antemano cuándo vamos a recibir una carta.» Las únicas cartas que me escribió fueron las que recibí durante mi servicio militar en Banja Luka. Con letras grandes, uniformes, inclinadas todas de la misma forma, me contaba los acontecimientos familiares, la mayoría de ellos relacionados con mi padre o con mi hermana, pero todo lo referente a ella se resumía en una frase sobre su salud. Incluso cuando escribía cartas a parientes de Israel y América, no quería hablar de sí misma. En realidad, era como un pasante. Mi padre dictaba las cartas, cómodamente arrellanado en su sillón, con los ojos cerrados y los brazos cruzados sobre el estómago. Su escritura era poco legible, y yo admiraba a los boticarios que conseguían leer las recetas que él escribía. Tampoco conocía sus sueños. Cuántas veces nos despertó con sus gritos, y cuántas veces, al correr a su dormitorio, le encontramos gimiendo en los brazos de mi madre. Nunca quiso decirnos qué era lo que soñaba. Mi madre una vez mencionó el tiempo pasado en el campo de concentración, pero otras veces hablaba de su primera mujer y los hijos, asesinados por los alemanes en Niš, de su hermano mayor que había perdido la vida en Šabac. Yo no podía preguntarle más. Me callé y, a juzgar por los chirridos que se oían, me senté a la mesa. «Pero de los sueños no se vive», dijo mi madre. «De todo lo demás sí se puede, pero de los sueños no. Mi difunta tía decía que el mejor sueño es el que no se tiene.» Sin embargo, mi madre solía recortar de *Politika* las curiosidades sobre los sueños, y sus interpretaciones. Recortaba también otras cosas: recetas de cocina, instrucciones sobre cómo preparar ciertas bebidas, pequeños consejos de hogar, cosas de mujeres, alguna que otra caricatura. Todo eso lo guardaba en las cajitas de galletas y barquitos, en el armario del pasillo, y en todo momento sabía dónde encontrar cada uno de esos recortes. Y no sólo recortes, sino también viejos clavos, tornillos, restos de cuerda, fusibles gastados, tapones, llaves, rollos de alambre, todo tenía su propio sitio, su caja o tarro, en la despensa o en el pasillo, a veces en el balcón, y ella siempre, infaliblemente, se dirigía derecho a lo que le pedía alguno de nosotros. Cuando lo oyó, Donald empezó a aplaudir. Varias caras se volvieron hacia nuestra mesa. Espléndido, dijo. Según él, mi madre era el personaje ideal para un texto dramático. En absoluto debía pensar en la novela; su impresión, pues, era que su historia precisaba una narración lineal, cronológica o, tal vez, una especie de monólogo interior, mientras que hoy en día todas las novelas, incluso policíacas, están escritas en forma fragmentaria o disfrazadas de cualquier cosa, diccionario o manual científico, y dicha forma, por muy fragmentaria que sea en el fondo toda vida humana, simplemente no correspondía a *su* vida. Le di la razón. Si alguna vez me decido a escribir sobre ella, le comenté a Donald, escribiré una obra de teatro. Donald se puso otra vez de buen humor, pidió otra cerveza. Mi madre dijo: «Le pregunté una vez a mi tía: ¿Y cómo sabré si se trata del mejor sueño?» El ruido apagado venía probablemente de mis dedos que tamborileaban sobre la superficie de la mesa. «Lo sabrás, me dijo, cuando empieces a soñarlo.» Entonces se puso a llorar. Buscó el pañuelo, se lo sacó de la manga de la blusa, se secó los ojos y se sonó la nariz, mientras yo seguía sentado mirándome fijamente la punta de los dedos. Ahora, sin embargo, no puedo quedarme sentado. Pienso en parar la cinta, pero me levanto, recojo la taza con el café frío y voy hasta la ventana. Resulta penoso oír llorar a alguien, así que ningún espectáculo fuera de la casita en la que vivo podrá cambiarlo. Si escuchar la grabación no tuviera la máxima importancia para el libro que a lo mejor vaya a escribir, saldría de inmediato, por lo menos al patio de atrás. Eso lo heredé de mi madre, ese sentido del deber, incluso si el deber es incómodo y la tarea desagradable. En el ejército, por ejemplo, los oficiales me querían y los soldados me odiaban. Me gustaba imaginarme recorriendo el espacio del cuartel de Banja Luka como una antorcha, o una llama de lámpara de gas en el crepúsculo: atrayendo a unos y rechazando a otros, calentando a éstos y quemando a aquéllos, según. El problema era que yo no pedía ninguna recompensa por mi obediencia. Una vez le dije a mi padre: Si no fueras judío, serías un cristiano ejemplar. Lo mismo pensaba, especialmente mientras hacía la mili, de mí mismo. Llevaba una ametralladora, pero estaba dispuesto a llevar dos, si fuese preciso. Sin embargo, hablar de aquella época y de aquella «parodia de ejército», según la definición más que adecuada de Donald, sería de mal gusto, una vez empezada la guerra civil. Hasta entonces consideraba cómico el hecho de que durante diez meses seguía llevando una ametralladora sin el percutor, es decir, una chatarra sin utilidad alguna, hecho que desde mayo de 1991, si no me equivoco, me parece trágico, y en cierto sentido me culpo a mí mismo, en la medida que me corresponde, claro, por lo sucedido más tarde. Si hubiera sido más hábil o persistente, o un poco menos obediente, si hubiera logrado que repararan las armas, quizá no habría ocurrido todo lo que ocurrió. En ese pequeño defecto debí reconocer la grieta capaz de hacernos peligrar a todos, lo que resultó ser cierto, pues de esa grieta se formó la fosa por donde cayó el país entero. A mediados de los setenta, sin embargo, cuando hice la mili, consideraba ese defecto del sistema, que supuestamente debía funcionar a la perfección, como un regalo del Edén, sobre todo para un hombre joven que no creía en el sistema y que de esa manera se encontró en la situación de soldado sin auténticos atributos militares. En la mili, de hecho, todo el tiempo soñaba con ser panadero, con tener como armas harina y una gran pala de madera. Se lo escribía a mis padres, y de mi madre recibí la carta con la respuesta, en grandes letras uniformes, de que en el ejército hay que ser soldado, en la panadería panadero, en la playa nadador, en el jardín jardinero. No conseguía deducir de quién era esa frase. De mi padre seguro que no, porque sus ideas tenían más rigor y repudiaban toda repetición. Mi madre sabía cambiar de ritmo, entrecruzar varias fórmulas narrativas populares, hacer una lista de adjetivos, alterar la estructura de una frase, contar una historia. Solíamos juntarnos a su alrededor como embrujados, borrachos de incertidumbre, bajo el emparrado imaginario, hasta que la oscuridad nos borraba los rostros por completo. Nunca he visto la oscuridad tan densa como en Bosnia. A Donald le parecía que exageraba y que intentaba buscar en todo los símbolos o los significados para lo que estaba ocurriendo en Yugoslavia. Estábamos sentados en la terraza del restaurante que se hallaba casi en pleno centro de la vasta isla fluvial. Apartamos las botellas de cerveza, vasos, platitos y tazas de café, los apilamos en las sillas, y desplegamos el mapa de Europa. Quise traer el mapa de los Balcanes, pero apenas pude dar con el de Europa. Tuve que esperar más de veinte minutos para que una japonesa, ya mayor, propietaria de una pequeña librería en el cercano almacén comercial, pudiera encontrarlo. Estaba en cuclillas, entre las carpetas y las cajas con mapas, repitiendo que estaba segura de tener el nuevo mapa de Europa, con las fronteras de los nuevos países, pero que los trozos del mundo se perdían fácilmente en la multitud, y más aún cuando se tienen en cuenta todos los cambios sobrevenidos en los últimos años, de los que ella, lo dijo todavía en cuclillas, no sabía gran cosa, excepto que a causa de ciertos mapas había perdido cerca de doscientos dólares, ya que nadie los quería. Ya nadie compra mapas, dijo Donald, a la gente le basta la televisión. La mayoría no sabe, opinó, cuántos continentes hay y dónde están, puesto que el conocimiento global resulta ser algo que, paradójicamente, no encaja en el tiempo en el que vivimos, que otorga la primacía a lo regional. Aquí la gente prefiere evitar el exceso de conocimiento, el espíritu enciclopédico, para ellos, corresponde al pasado. Un americano o un canadiense sabe sólo lo imprescindible, y así entiende el objetivo de la enseñanza, es decir, que el conocimiento debe servir como apoyo práctico a la vida cotidiana, y nada más. Nuestras cabezas casi se tocaban por encima de los mapas desplegados. Yo tenía la incómoda impresión de que Donald no entendía nada de lo que le intentaba explicar. Seguía mi dedo con la vista, a veces me paraba, a veces él también tocaba el mapa, pero yo sabía que permanecía fuera de todo aquello, protegido por el muro de su urbanidad canadiense. En mi vida, ni siquiera en Inglaterra, he oído tantas fórmulas de cortesía y tantos agradecimientos como en Canadá. Si tuviera que elegir las tres o cinco cosas que más me ha costado, y que todavía me cuesta aceptar desde mi llegada aquí, una de ellas sería desde luego esa urbanidad excesiva. Nada asusta tanto como la bondad, nada hace sospechar tanto como la sonrisa. Donald pensaba que ésos son los pensamientos de un hombre solitario, que la soledad a veces quita más que da, y nos lleva por el camino equivocado. Mi madre, sin embargo, siempre me reprochaba mi inseguridad. Pensaba que la había heredado de mi padre. A ella nunca le podría ocurrir, decía, entrar en una tienda sin saber lo que iba a comprar. Daba igual que fuera una carnicería o una casa de modas. Sencillamente entraba, cogía lo que necesitaba, pagaba y salía, mientras mi padre siempre se quedaba delante de las muestras de telas, indeciso, dudando si debería dar más importancia a la calidad del material o a la actualidad del diseño. De la misma forma Donald estaba mirando mi mapa, indeciso e inseguro, abrumado ante el sinfín de nombres y datos históricos que le daba. Todo lo contrario que mi madre, a la que oigo llorar con determinación. No sé si se puede decir así, si uno puede llorar con determinación. Ni entonces, durante la grabación, ni ahora, cuando la escucho, he tratado de saber cuánto pudo durar su llanto. No pude determinar por qué lloraba, pero estaba seguro de que era la primera vez que lo hacía de esa forma delante de alguien, y supongo que era eso, junto con el respeto hacia su manifiesto dolor, lo que me impedía parar el magnetofón. Ella gemía, sollozaba, cada vez más bajo, y yo seguía mirándome fijamente las puntas de los dedos y los dibujos del mantel. No me atrevía tan siquiera a levantar la mano y rascarme por encima de la ceja. «Podemos continuar», dijo mi madre. En una ocasión intenté describir a Donald lo que había visto en su cara, pero no lo conseguí. En realidad, cuanto más le hablaba a Donald, menos lograba explicarle lo que fuera. Cuando llegué a Canadá, lo que al principio parecía una luz de comprensión, con el tiempo se iba desvelando como su incapacidad de pasar de los conceptos generales a los particulares, de cambiar el entendimiento global por la percepción de los detalles. Mientras hablábamos de los croatas, serbios y musulmanes, de los partisanos, ustachis y chetniks. Donald asentía con la cabeza. Sabía lo que era el este y el oeste, y también cuáles eran las grandes potencias enfrentadas durante la segunda guerra mundial, pero los islotes históricos como la antigua Yugoslavia, en los que los planos históricos se mezclaban y escapaban de la corriente principal de acontecimientos, le dejaban totalmente perplejo, y cuando aquí, en el continente americano, algo te confunde, en seguida te resulta indiferente. Pero yo me empeñaba. De saber escribir, me sentaría y escribiría el libro, le dije a Donald, pero como no sé hacerlo, dije, me veo obligado a hablar. De acuerdo, dijo Donald. Se fijaba en mi índice que se deslizaba por los Balcanes como la punta de un palo a través del barro. Si no entiendes lo que representa ese itinerario, le advertí, ese descenso a la vez real y simbólico, así como ese otro itinerario, interior, en el que un alma, mientras a su alrededor todo se hacía pedazos, intentaba preservar su integridad, examinándose y pasando sin cesar de una identidad a otra, entonces nunca podrás comprender no sólo a esa mujer, a mi madre, sino tampoco cómo es este rincón del mundo, y si un solo rincón del mundo escapa a nuestro entendimiento, entonces el mundo entero se nos escapa. Apoyé el índice en un punto negro. Aquí, en Zagreb, ella es primero serbia, después judía, en todo caso extranjera, doble extranjera, si se puede decir así, pero siente que puede sentirse en casa a pesar de todo. Cuando, con la llegada de los alemanes, los ustachis se alzan al poder, su primer marido es requerido, como los demás judíos, para barrer las calles. Ella le lleva la comida en pequeños cazos metálicos y mientras espera que se la tome, ve cómo entre ella y el mundo está bajando un telón opaco. Es serbia otra vez y se va, con su marido y sus dos hijos, hacia Serbia. Primero se fue a Derventa, dije y deslicé mi dedo por el río Sava hasta un punto más pequeño. Ese es su primer paso por el camino descendente. Supongo, dije, que por entonces ella ya no estaba segura de lo que en realidad era, y menos cuando enseña a sus hijos a no decir a nadie que son judíos. Piensa que allí, cerca de su pueblo natal, podrá quedarse, pero a causa de los ustachis, que la retienen unos cuantos días en el campo de concentración, siguen camino a Belgrado. De nuevo mi dedo navegaba por el Sava. En Belgrado les reciben los parientes del marido, en el barrio de Dorćol. Ni siquiera intenté explicarle a Donald lo que era Dorćol, o por lo menos no en aquel momento, porque ya una vez le había dibujado a grandes rasgos el plano de Belgrado y de Zemun, y la confluencia del Sava y el Danubio, y en tal ocasión seguramente le había marcado la parte que, al menos aproximadamente, ocupaba ese barrio. Poco después al marido lo llevan otra vez a los trabajos forzados y al campo de concentración, así que mi madre prosigue su descenso hacia Kruševac, su descenso a las tinieblas cada vez más espesas, a las entrañas de una guerra que causaba cada vez más estragos. En aquellos momentos ella vive, estoy seguro, como otra persona, no, claro, bajo otro nombre, pero como si viviera paralelamente en dos sitios, mirándose desde ambos. Ella no sabe quién mira a quién, sólo camina, toca las gallinas y el perrito y desea que la vida vuelva a ser, aunque sea por muy poco tiempo, igual que antes. Luego, después de la guerra, después de unos cuantos meses transcurridos en Belgrado, justo cuando parece que empieza a ir subiendo otra vez, a pesar de los escombros y de las cosas perdidas y de los desaparecidos, se dirige a Peć como si de una caída en un abismo se tratara. Si no nos hubiéramos entendido tan bien con los albaneses, dijo una vez, nunca habríamos superado la fuerza de aquella oscuridad que lo inundaba todo. Tal vez lo dijo mi padre, no estoy seguro. La guerra ha terminado, pero allí, en Kosovo, ella siente en sus entrañas, igual que un nuevo frío, que la guerra sólo acaba de empezar. Las tapias son altas, los pórticos bajos, las ventanas protegidas con barrotes. En Belgrado los casa el rabino, pero no el que convirtió a mi madre a la fe judía antes de la guerra, sino otro, más joven, aunque uno nunca puede estar seguro tratándose de rabinos, pues a fuerza de leer sin descanso se les apergamina la cara. Cuando nazco yo, me llevan a circuncidarme a Priština, donde lentamente se está desgranando y emigra el último grupo de judíos de Kosovo. Donald me paró. Primero me cogió ligeramente por el índice. Después dijo que no debía hablar así, que la historia de mi madre tenía que ser su historia y no la de los demás, y menos aún la mía. Mientras lo decía no me soltaba el dedo. Siempre lo hago, le dije, siempre hablo de mí cuando quiero hablar de otras personas. Donald dejó de apretarme el dedo y mostró su desaprobación con la cabeza. Pero con mi madre era distinto: cuando ella callaba, yo también callaba; cuando hablaba, la escuchaba. Ahora, mientras vuelvo a la mesa de mi habitación, me da lástima no haberle hecho más preguntas, no haberle dejado buscar libremente los hilos que hilvanaban los retazos de su vida, pero tenía miedo de equivocarme en algo, aunque sí, me equivoqué, porque no advertí su necesidad de comprensión, o mejor dicho de una comprensión añadida, que tanto añoraba, aunque sin confesarlo, después de la muerte de mi padre. En realidad, a su muerte, algo en ella se detuvo: como si ya no pudiera soportar los empellones del destino ni contar las tumbas de sus deudos. Ésas son tus explicaciones, dijo Donald, déjale hablar a ella. Por primera vez le vi tan apasionado. «Bueno», dijo mi madre, «vinimos a Ćuprija. Regresé al lugar donde pasé los años de la guerra, no exactamente el mismo sitio, pero bastante cerca, en todo caso entre gente similar. Tu padre trabajaba en el hospital, llevaba una consulta en casa, iba dos veces a la semana al ambulatorio de Parecen, donde practicaba abortos. Regresaba tarde por la noche, con los labios violáceos, y yo le reñía por no haberse cubierto mejor con la manta mientras viajaba en el carruaje de vuelta a casa. Él no decía nada, nunca decía nada, pero tampoco vivíamos con secretos. Yo le había expuesto mi vida sin tapujos y la suya era como un libro abierto para mí. Ambos teníamos nuestras pérdidas. Él había colgado en la pared la foto de sus hijos, yo llevaba la de los míos en el billetero. Él poseía sólo unas cuantas fotografías, probablemente las que se llevó cuando empezó la guerra, yo arrastraba conmigo durante aquellos años dos álbumes gordos, como si de esa forma pudiera salvar la vida anterior. A veces los veíamos juntos, al principio sólo él y yo, luego vosotros dos también, tu hermana y tú. No había manera de hacerle hablar de ello. Ćuprija es un lugar pequeño, existía la jerarquía de la nomenclatura comunista, pero había también otra, se respetaba el escalafón de cada uno, y el médico era una persona importante, no como hoy. Si en 1961 nos hubiéramos quedado en Israel cuando le ofrecieron trabajo, tal vez todo habría sido diferente, pero era ridículo que yo le explicara dónde tenía su patria. No, él quería quedarse en Serbia. De hecho, incluso antes de la guerra, se definía como serbio de religión judía; allí es donde antes lo tenía todo y donde lo perdió todo, para luego tenerlo otra vez, y por eso se quedaba aquí, donde al mismo tiempo tenía lo que tenía y lo que ya no tenía». Paro el magnetofón y me estiro, me pongo de pie, doy dos o tres pasos, tenso, y luego relajo los músculos. Antes me gustaba mirar por la ventana, pero entonces vivía en la plaza, en un edificio de varias plantas, y cada vez que miraba hacia fuera, algo sucedía: una mujer cruzaba la calle, un perro se quedaba al borde de la acera, el viento inclinaba las ramas, los intermitentes parpadeaban al anochecer. Siempre me daba lástima no saber escribir y anotar todos esos cuentos que sucedían a diario. Aquí, sin embargo, que no es el mismo «aquí» que mencionó mi madre, no hay cuentos, no hay nada que ver, toda la ciudad parece un barrio de las afueras, no hay verdadero centro, ni plazas, nada más que cruces y almacenes comerciales. La vida es invisible. Llevo viviendo prácticamente dos años en esta casa, pero no he conocido a ningún vecino. Veo a sus perros, más perritos que perros, a veces me acerco adrede a la cancela para provocarles a ladrar, pero los vecinos nunca salen. La mujer gorda que una vez tendía la ropa pudo ser cualquiera, una lavandera por ejemplo, o una pariente de Manitoba. Siempre cuando me levanto, los periódicos ya están en el buzón. El cartero pasa a lo largo de la mañana, mientras estoy trabajando. Cada dos meses el encargado de la compañía de gas me deja un recado pidiéndome que le deje un recado para saber cuándo podría hacer la lectura del contador de gas. Los sábados a mediodía, a veces incluso los días laborables por la tarde, pasan los testigos de Jehová. En una ocasión alguien intentó venderme billetes para una tómbola de beneficencia, en otra, una mujer con una gorra de béisbol en la cabeza me ofreció muestras gratuitas si respondía a su encuesta sobre las sopas y los condimentos que uso en mi alimentación cotidiana. Intercambiamos sonrisas amables, y luego cerré la puerta lentamente. Mi padre, sin embargo, no lo habría interpretado de manera tan severa. Para él, la vida era algo dado, inevitable y que había de ser aceptado, lo que para mí, en aquellos tiempos, era la expresión de la fuerza que radicaba en su tragedia personal, ya que no comprendía, como ahora, que la herida causada por la tragedia nunca se cura, es decir, que algunos vacíos nunca se pueden llenar. Mi madre habría dicho lo mismo. Sólo ahora sé lo frágiles que eran los dos, y el sufrimiento que les causaba cada vez que me alejaba de ellos, abriendo no tanto nuevas heridas como un vacío que ninguna palabra podía compensar. Tal vez sea siempre así cuando te marchas de casa de tus padres, tal vez la más mínima traición deje la misma impresión, pero eso no alivia mi sentimiento de culpa. Donald volvió a enfurecerse. Vosotros, los europeos, dijo, sois unos auténticos zoquetes, y siempre imagináis que la vida consiste en coleccionar, como hace el filatélico colocando los sellos en su álbum. ¿Quién colecciona sellos aquí? Los viejos. Yo me deleitaba con su furia porque me ayudaba a creer, aunque sólo fuese por poco tiempo, que las personas a mi alrededor por fin sentían algo, y que no tenía que temer su exagerada amabilidad que, por cierto, y como ya dije, era una de las tres o cinco cosas que más me costó asumir desde que llegué a Canadá. Mi madre escondía su rabia. La guardaba dentro de sí hasta que se convertía en dolor y en ataques de bilis. Sin embargo, a la mañana siguiente era la primera en entrar en la cocina, encender el horno, ir a comprar el periódico, pan y leche, a pesar de sus oscuras ojeras. Las tenía también en la mesa del cuarto de estar, delante del micrófono, aunque ya estaba seguro de que ese dolor no era el mismo. Pulso el botón del magnetofón. «Vivíamos en el chalé de un industrial de la preguerra», dijo mi madre. «Lo normal hubiera sido que nosotros fuéramos sus inquilinos, pero en realidad ellos eran los nuestros. Ocupaban una sola habitación, y nosotros las demás. Compartíamos la cocina. Me sentía violenta andando por una casa que no era mía, como si con cada paso les quitara a los propietarios un pedazo de pan de la mismísima boca. Y más tarde, en Zemun, mientras esperábamos que acabaran el edificio con el piso que nos prometieron, o sea esta casa y este piso, cuando vivíamos temporalmente en las habitaciones alquiladas, esa impresión no me dejaba. Pero antes de eso, en Ćuprija, sentí algo distinto. Sentí que la gente se volvía áspera, que ya nadie creía a nadie, como si ya no hubiera compasión. Y no la había. La vida se dividía entre el tiempo de antes de la guerra y el tiempo sin tiempo. Siempre cuando íbamos al cine, salía mareada. Tu padre me sostenía, y yo necesitaba tocarte el pelo, y el de tu hermana, y luego el mío. El hecho de que un mundo tan grande se extendiera en algún sitio, fuera de aquellas tinieblas, me resultaba insoportable. Tu padre sólo sonreía cogiéndome del brazo con firmeza y devolviendo los saludos a los transeúntes, mientras me temblaban las piernas. Hoy quizá resulte difícil entenderlo, quizá yo tampoco lo entiendo ahora, pero en aquellos momentos pensaba que la vida nunca más sería la vida. Me iba una vez al mes a visitar las tumbas de mis hijos, y entonces, sola al borde del cementerio, no sabía qué hacer, a qué Dios rezar o quejarme, si debía encender las velas o poner las piedrecitas en sus lápidas. Al final hacía ambas cosas. De haber sabido otra manera, también lo hubiera hecho, porque ¿cuál es la diferencia? Si lo sabe el corazón, pues bien, si no lo sabe, no hay vela que no se apague ni piedrecita que no se rompa. ¿Pero qué quería decir? ¿Podemos parar un momento?» Escucho mi voz, pero no entiendo las palabras. Me figuro que así sonaría la voz de alguien que está de rodillas bajo la mesa, donde yo seguramente no estaba. «Bien», dijo mi madre y se puso de pie. Golpeó la mesa con la mano, o con la rodilla, tal vez con la mano y con la rodilla, ya que han llegado dos sonidos. Vuelvo a escuchar mi voz y otra vez no comprendo las palabras, Donald hubiera visto en ello quién sabe qué disimulado significado. Pego el oído al altavoz del magnetofón para oír los pasos de mi madre, la puerta que se abre y de nuevo se cierra, o por lo menos el ruido áspero de la palma de su mano con la que se alisa la falda, arrugada de llevar tanto tiempo sentada. Y mientras escucho el chirrido de las correas, recuerdo el número exacto de los pasos que tenía que dar para pasar del cuarto de estar al pasillo y del pasillo a la cocina. Allí podía atravesar a ciegas todo el piso sin tocar nada. Aquí, donde el espacio nunca se ha vuelto exclusivamente mío, pese a lo reducido de la casa, siempre me golpeo con algo, busco conmutadores de luz por donde no los hay, me agacho cuando debo enderezarme, empujo la puerta en vez de tirar de ella, doy vueltas cuando he de ir todo recto. Las bobinas siguen girando, la cinta se tensa. Estoy cansado. «A mí no me hables del cansancio», dice mi madre. Miro estupefacto el magnetofón. Nada apuntaba a que habíamos reanudado la grabación, que había vuelto de la cocina, que había llegado un nuevo día. Una casualidad, diría Donald con su sonrisa de autoconfianza, que no podría convencerme. Sé lo que le respondería. Sostendría que nada es fortuito, como tampoco lo es el hecho de que dieciséis años después, mi madre respondiera al pensamiento que yo ni siquiera había pronunciado. Donald lo negaría cabeceando. Vosotros, los europeos, diría, siempre pensáis que la vida es algo más de lo que se ve, que detrás de cada espejo hay un mundo paralelo. No, le diría, sólo que nosotros creemos que no todas las superficies son transparentes y que a veces hay que mirar detrás para saber lo que hay en el fondo. Eso es lo que ocurrió, me puse a hablar de mí en plural, como si en la dura silla del restaurante de la isla fluvial pudiera sentarse todo un pelotón, y no una sola persona. Donald lo vio como una muestra más de la diferencia entre los americanos y los europeos. El americano siempre es uno, siempre está solo, pensaba Donald, mientras el europeo, especialmente si viene de la Europa del este, sólo forma parte de la multitud. No le quise decir nada, no estoy en la obligación de tener siempre respuesta para todo. Si supiera escribir, pensé, me sentaría y le haría una carta explicándole ciertas cosas: la prepotencia de los americanos, por ejemplo, y la madurez de los europeos, la realidad de nuestra historia, y el patetismo de su existencia en el presente continuo, nuestro sentido de la totalidad, por ejemplo, y su fragmentación, la propensión de los americanos a coger, la nuestra a dar. Pero tú no deberías escribir acerca de eso, dijo Donald cuando, quizá la misma tarde, le expuse mi intención. Ignoro cuántas veces tengo que repetirlo, dijo, pero si no tienes la histona, el relato no existe. Yo estaba seguro que nunca lo había dicho, o al menos no con esas palabras. Tu historia es sobre tu madre, dijo Donald, ella es tu relato y todo lo demás no son sino palabras en el aire. Seguro que mi madre le daría la razón. Para ella, la mayoría de la gente hablaba por hablar, raras eran las personas que sabían callar, y más raras aún las que de veras sabían hablar. Innumerables veces, tanto de chico como de joven, abría la puerta del cuarto de estar y encontraba a mis padres callados: él leía uno de sus libros especializados o subrayaba partes de los artículos en las revistas de medicina, mientras mi madre hacía punto o cosía, reforzaba botones o zurcía calcetines. A veces pelaba manzanas y le pasaba trocitos blanquecinos a mi padre. Podía pelar una manzana de un corte, de forma que la piel ondeara encima del platito como una espiral deshilachada. Sin levantar la mirada de su texto, mi padre cogía el trozo y lo llevaba a la boca. Antes pensaba que no tenían nada que decirse, luego creí entender que callaban para evitar hablar demasiado, ahora estoy convencido de que ya no creían en las palabras. Eso quizá porque ahora yo tampoco creo en ellas, debido a esa facilidad con la que vemos a los demás cual réplicas de nosotros mismos, como si el mundo entero existiera sólo en nosotros, en mí. Pero a veces lo achaco todo al cansancio, al aturdimiento que me está invadiendo cada vez más, y que es capaz de convertir cada arista en una curva, un cubo en un cilindro. «A mí no me hables del cansancio», repite mi madre. Ni siquiera en aquellos instantes, unos veinte días después del entierro de mi padre, su rostro se ablandó, las ojeras seguían oscuras como antes, los músculos de su mandíbula temblaban bajo las mejillas arrugadas. «Sólo cuando nos trasladamos a Ćuprija», dijo, «empecé a despertar con la impresión de poder levantarme cuando quisiera. Hasta entonces, y especialmente durante la guerra, pensaba que nunca más podría descansar, que siempre iría como si tuviera algo en las manos, o con alguna carga sobre los hombros. Luego, en una ocasión, una gitana predijo que esa impresión no me abandonaría hasta que no dejara de llevar conmigo a mis muertos. Los muertos están muertos, me dijo, ya nada puedes hacer. En las cartas vio que iba a encontrar a un hombre alto y rubio, y en mi taza de café leyó las enfermedades que iba a padecer: las varices, el corazón, las articulaciones. Lo predijo bien todo, salvo la tensión arterial. Y me dijo que debería descansar más. Se te ve en los ojos que estás agotada, dijo. Echaba también alubias, pero ya no pude escuchar más. Durante cuatro años, todo el tiempo que duró la guerra, mi único sueño era dormir suficientemente, pero sólo tras llegar a Ćuprija pensé que eso iba a ocurrir de verdad. Tu vida se partió en dos, me dijo la gitana, como si alguien la cortara con el cuchillo. Le di algo de dinero, unos cuantos huevos, un pan y un antiguo chal. Y era cierto, mi vida estaba cortada y seguía como una llaga abierta. Por eso, a lo mejor, estaba tan cansada, como si la sangre se me fuera continuamente. Cuando te afeitas, tienes una barrita de alumbre, te la pones en el corte y ya está, pero para aquel corte no había remedio. Al principio pensaba que cambiaban sólo las personas, luego vi que cambiaba el mundo entero y que nunca más volvería a ser el mismo, lo que jamás pude asumir del todo. Tal vez eso era lo que me agobiaba, ese rechazo mío de ver la auténtica herida, de aceptar el hecho de que el cuchillo seguía cortándola. En Zagreb vi a los alemanes, en Derventa me interrogaron los ustachis, en Belgrado estaban los colaboracionistas de Ljotić, en Kruševac topé con los chetniks, luego aparecieron los partisanos, y en Peć vi convoyes de combatientes nacionalistas albaneses a los que se llevaban detenidos. No sé de dónde salieron todos ellos, y dónde estaban antes de que comenzara la guerra. Quizá no tiene nada que ver con el cansancio, pero cuando los de seguridad interior de Ćuprija empezaron a interrogarme, ya no pude aguantarlo más. Alguien nos denunció y dijo que en casa escondíamos antiguas monedas de oro. Las teníamos, claro, pero si las había salvado de los demás, ¿por qué iba a entregárselas a ellos? Estaban escondidas en el corral, con los cerdos, bajo el cubo con su comida. Lo removieron todo, sin encontrar nada. Mientras recorrían la casa y el patio, te llevaba en brazos. A mediodía empezaste a llorar, así que tuve que darte el pecho. Uno de ellos –como si todavía lo viera: alto y rubio, igual que el descrito por la adivina– pidió que te quitara los pañales. Te puse sobre la mesa y te los quité. Si no hubieras estado tan flacucho, habrían llegado a pensar incluso que te las habías tragado. Estaban en torno a la mesa, mirando cómo movías tus piernecitas. A tu padre, pálido como un muerto, le temblaban las piernas tanto que hasta le vibraba el pelo. De no ser por el pánico que le daba mi furia, seguro que les hubiera llevado derechitos a los cerdos. Era tan bueno, Dios le tenga en su gloria, que no podía reconocer el mal. Si pensáis que las he escondido entre las tetas, les dije, también podéis echar un vistazo. Cuando empecé a desabrocharme el botón más alto de la blusa, aquel hombre se ruborizó y salió fuera. Fue, en realidad, en ese instante cuando todo mi cansancio se cayó de mí, y aquella noche, por primera vez me parece, pude dormir bien. La gitana tenía razón: lo que el cuchillo corta, cortado está». Calló, levantó la mano, cogió el vaso y bebió un trago de agua mineral. La oigo perfectamente chascar la lengua y relamerse. Mi padre era médico y manejaba el bisturí, le dije a Donald, pero era mi madre quien degollaba los pollos en la terraza de la cocina. A Donald eso le pareció repugnante. Como la mayoría de los canadienses, él también considera que el cuidado de los animales resulta a veces más importante que el de las personas. Cuando le conté cómo, de niños, corríamos detrás de los pollitos decapitados, por poco vomita. Sin embargo, mientras inclinados sobre el mapa hablábamos de las matanzas de los ustachis, sólo lo comentó moviendo la mano. De verdad, a veces tenía ganas de darle una buena paliza. Exagero, naturalmente, porque nunca, ni siquiera como chaval, he sabido pelear. Si entraba en la riña, me llevaba la peor parte. Mi madre solía limpiarme la sangre de la cara diciéndome que me las habría arreglado mejor si hubiese nacido niña. Pese a su deseo de tener un niño, yo hubiera sido más feliz, en su opinión, siendo niña. De ese modo, decía, mientras al tiempo me ponía la ancha hoja del cuchillo frío en los chichones, por lo menos no te irías a la guerra. A ese respecto, nada le podía hacer cambiar de opinión. Decía que tal vez ella no vería otra guerra, pero que no hay generación que pueda recorrer entero el camino de la vida sin que le caiga encima alguna bomba. Sin embargo, cuando empezó la nueva guerra, ella todavía estaba viva, y pese a estar lejos de los campos de batalla, se convirtió en su víctima. Se estaba desmoronando delante de la pantalla del televisor donde, primero con timidez y luego cada vez con más aplomo, emitían las imágenes de las ciudades destruidas. Cuando al norte de Bosnia, en las cercanías de su pueblo natal, empezaron los combates de artillería entre lo que quedaba del antiguo ejército yugoslavo y las nuevas formaciones musulmano-croatas, ella se fue a la cama y ya no se movió de ella. Por la noche le levantaba la sábana para quitarle el camisón empapado de sudor y orina, y ella me cogía las muñecas y con los ojos cerrados intentaba esconder su desnudez, diciendo: ¡No lo hagas, no lo hagas! Si hubiera sabido cuánta vergüenza sentía yo, seguro que no hubiera dicho nada. Primero le levantaba la cabeza, luego la espalda, las caderas, y le estiraba las arrugas del camisón limpio. A la mañana siguiente, cuando entraba en su habitación con la taza de té y los medicamentos, ella evitaba mirarme a los ojos, igual que yo, por la noche, bajo la escasa luz de la lámpara de mesa, evitaba mirar su vientre, sus nalgas, su vello enredado. Si de alguien se puede decir que ha muerto en el momento oportuno, se lo comenté a Donald, lo puedes decir de ella, ya que falleció justo antes de que la historia, que pensaba que se había terminado de una vez por todas, resucitara en todo su esplendor. Si es que esplendor es la palabra adecuada cuando se habla de la historia. Yo hablaría más bien de tinieblas, añadí. Donald me amenazó con el dedo. Él, por supuesto, no tenía ni idea de lo que era la historia, por mucho que se empeñara en explicármela. De hecho, en el continente americano nadie sabe lo que es historia, y ni siquiera le importa, y menos aún ahora, al final del siglo veinte, cuando empieza el futuro. Tampoco me interesaba a mí, le dije a Donald en aquel mismo restaurante, inclinado sobre el mapa, porque la he visto manos a la obra. Deslizaba el índice por el mapa, desde Belgrado hasta Banja Luka, siguiendo el camino por el que pasé en la primavera de 1994, antes de decidir marcharme, a este continente, dije, a este país, donde la antigüedad de las cosas se mide en semanas. Donald no quería discutir sobre ello, pero apostilló que entendía mi nerviosismo como la señal inequívoca de la inquietud de un inmigrante, del miedo a que, en contra de su voluntad, dejara de ser lo que creía que era. Si ese miedo no existiese, insistió, yo no trataría de esconder mi inquietud de esa forma, rematadamente mal, bajo la historia de mi madre que, a diferencia de las auténticas historias, no tenía ni pies ni cabeza. Él, de hecho, llevaba razón. Quien, como yo, no sabe escribir, se parece mucho al supuesto curandero que pretende saber arreglar un hueso roto o un tobillo dislocado y luego sólo consigue agravar la lesión y hacerla incurable. El que supiese escribir, como Donald, se sentaría y escribiría la historia, pasando por el camino más corto posible desde el comienzo hasta el final. Nada en esa historia dejaría entrever la existencia de otra cosa que no fuera ella misma, y no como en mi caso, en mi historia –en el caso de que la pueda escribir–, que tiene de todo salvo la historia misma, y que se descompone constantemente sacudida por las incursiones de las realidades paralelas. Donald me dijo que la explicación podría buscarse en la capacidad de enfocar y mantener la atención. Algunas personas, dijo, no son capaces de hacer o seguir varias cosas al mismo tiempo, y otras, en cambio, escuchan la radio, ven la televisión, escriben cartas, almuerzan y preparan la conferencia inaugural para los novatos del curso que viene, todo ello simultáneamente. Le repliqué que mi madre era del otro grupo, ya que podía hacer todas esas cosas e incluso cantar a pleno pulmón. Donald preguntó a quién daba ella clases, y le dije que las daba a mi padre, a mi hermana y a mí, porque nosotros, comparados con ella, no éramos más que eternos novatos en el arte de vivir. No recuerdo dónde estábamos cuando hablamos de eso, pero seguro que mi madre me daría la razón. Ella dirigía nuestras vidas igual que un director de orquesta: lo veía todo como una totalidad, pero sabía de dónde salía cada uno de los sonidos. Y algo más: su verdadero arte era invisible, por lo que cualquier espectador podía pensar que el verdadero director era otra persona, mi padre, por ejemplo, o yo, después de su muerte. Donald dijo que, visto así, mi madre le parecía un titiritero que, escondido de las miradas, maneja los hilos de sus personajes por encima de la pequeña escena y el abigarrado bastidor. Si en ese momento no le sacudí un puñetazo, no lo haré nunca más. A Donald le extrañó mi rabia e incluso intentó hablarme de las dificultades de los inmigrantes para adaptarse: ellos, o más bien nosotros, somos demasiado susceptibles, siempre llevamos esa impresión de que se nos hunde el suelo bajo los pies o de que vivimos en habitaciones con los suelos inclinados, así que no paramos de tropezar y resbalarnos, irremediablemente, por los rincones oscuros. De acuerdo, el suelo de la casa que alquilé de hecho está un poco inclinado, así que tuve que poner tacos de madera bajo la mesita de noche y el sillón, pero no tenía rincones oscuros ni yo tampoco pensaba que vivía al borde del abismo. Si hacía falta culpar a alguien por lo que fuera, sólo me podría culpar a mí mismo, aunque ignoro por qué tendría que culparme por mis propias decisiones. Si soy incapaz de adaptarme, la responsabilidad exclusiva la tengo yo, y no tal o cual sistema de gobierno, las diferencias culturales o, tal vez, el valor calórico de los alimentos, a menudo poco masticados, con que me llenaba a diario el estómago. Por supuesto, hay personas que relacionan el acto de marcharse, incluso tratándose de ellos mismos, con la traición, y quizá mi madre era una de ellas. Quedarse y aguantar, así podría sonar su lema. Ella, de hecho, no se había marchado de Zagreb por propia voluntad, sino para salvar a sus hijos y a su marido, aunque sabía lo inútil que era su esperanza. De haber estado sola, nunca se habría marchado. Por supuesto, más tarde ya no quiso volver a esa ciudad, lo que antes me costaba entender, pero que ahora, cuando los vampiros del nazismo levantan la cabeza por doquier, entiendo perfectamente. Una vez sembrada, la semilla del mal se queda, como cualquier maleza, para siempre y en el mismo lugar, aguardando que se reúnan las condiciones óptimas para su próximo brote. Eso es un tópico, dijo Donald. Eso es un hecho, le respondí. No es culpa mía que la historia sea banal, le dije, y que se componga de episodios monótonos que, si excluimos la sangre, el sudor y las lágrimas, no pueden satisfacer a ningún espectador contemporáneo, y menos aún a ése, subrayé, para quien la sangre sólo es real desde que se descubrió que puede transmitir el sida, a ése que relaciona el sudor con los gimnasios y las lágrimas con las telenovelas. Quise ser sarcástico, cómo no, y espero que mis palabras le causaran a Donald precisamente esa impresión. Después no le vi durante varios días. Incluso llegué a temer haberme pasado un poco; nunca, de hecho, he sido muy hábil con las palabras, y menos al intentar decir lo que ellas no expresan. En eso mi madre tenía razón: si quieres decir algo, dilo, si no quieres, cállate. El mejor, para ella, era el que acertaba a decir el mayor número de cosas con el menor número de palabras, y el peor el que usaba una profusión de palabras para no decir nada. El primero hablaba, el segundo hacía melindres; el primer tipo de personas tenía «pico de oro», el segundo «largaba como una cotorra». Supongo que yo estaba aproximadamente en el medio, lo que antes consideraba como una posición ideal, pero en los últimos tiempos, tras haberme acercado a la guerra, me inclino más a creer que las personas en el medio pueden fracasar con más rapidez que las de las zonas extremas. Me imagino que por eso escogí una región extrema para mi nuevo hogar, una ciudad al borde de las praderas, donde el sol, especialmente durante el invierno, pasaba de manera insegura, pegado al horizonte, igual que yo andando por el centro de la ciudad y los barrios esparcidos. Por supuesto, si mi madre estuviera viva, yo seguiría en nuestro piso de Zemun y me iría, como tantas veces, a dar un paseo por la orilla del Danubio murmurándome los versos a mí mismo. Al fallecer mi madre, todo eso, el Danubio, los versos, nuestro piso, de repente se convirtió en palabras huecas, como si con su mera presencia ella les regalase su plena realidad. Eso es lo que pienso ahora, y aquí, suficientemente lejos de todas las realidades anteriores, pero allí, cuando murió, no pensaba en nada, seguía las instrucciones de la Administración, iba de un edificio a otro, rellenaba los impresos y sacaba los certificados. En el hospital me dieron una bolsa con las cosas que quedaron de ella: la ropa interior sin usar, los calcetines blancos, la toalla con la que le secaba la cara, un paquete de galletas, un brick de zumo de fruta intacto. Para su anillo de boda tuve que firmar por separado, y lo recibí en un sobre con su nombre escrito en la esquina superior derecha. Lo abrí en la calle y levanté el anillo hacia la luz. En la parte interior estaba grabado el nombre de mi padre y la fecha de la boda, en un mes de invierno del año 1945. Hice un rebujón con el sobre y lo tiré en el primer cubo de basura que encontré; el anillo me lo metí en el bolsillo. Recuerdo que, cuando era niño, las cosas siempre se me caían por los orificios de los bolsillos, se deslizaban por los muslos y las pantorrillas, entraban en los calcetines o los zapatos, o bien, con mucha más frecuencia, se quedaban detrás de mí, en el césped o en la acera. Cuando murió mi padre, nuestro piso en seguida se llenó de gente; cuando murió mi madre, no vino nadie, por lo menos aquel día. Tal vez sea esa la diferencia de la que hay que hablar, dijo Donald. Tonterías, le respondí, puede que exista la diferencia entre las maneras de morir, pero no en la muerte misma, que nos iguala a todos. Esas palabras me parecieron un tópico de tres al cuarto, pero a Donald le gustó mi pensamiento, mucho más, qué duda cabe, que nuestras charlas acerca de la historia y los mapas. A él, que tanto esfuerzo empleó para entender quién iba con quién o contra quién en Yugoslavia a lo largo de la segunda guerra mundial, y luego durante la guerra civil que todavía no ha terminado, tanto esfuerzo para memorizar los nombres de las partes enfrentadas, la idea relacionada con la muerte en general, fuera de todo contexto histórico o ideológico, le pareció simplemente un gran alivio, tal vez incluso un vivo placer. Pero manifestó a continuación que yo no debería dejarme llevar demasiado por el convencimiento de que todo el mundo estuviera dispuesto a seguir el curso de mis pensamientos, dado que la mayoría de la gente no era capaz siquiera de seguir los suyos propios, por no hablar de los ajenos. Esa advertencia, por supuesto, añadió con énfasis, valía en caso de que todavía considerase la posibilidad de poner algo en el papel. Lo dijo como si los relatos fueran churros que bastaba plantar en una hoja en blanco para luego leerlos en las manchas de grasa. Nulas resultaron mis reticencias y protestas de que en ninguna parte de la naturaleza existía la línea recta y de que las cosas, como mucho, ocurrían siguiendo una espiral. El relato ha de tener su principio y su fin, dijo Donald, pero si yo pienso que entre estos dos puntos puedo meter cualquier cosa, me equivoco de medio a medio. No se puede estar siempre indeciso, dijo, y flotar entre la historia, la crónica, el destino personal y las habladurías poéticas, y encima esperar, dijo, que alguien tenga el interés suficiente como para desenmarañar todo eso. La verdad es que sus palabras me dejaron sorprendido. Pero entonces, pregunté, si no escribo de mí, ¿por qué he de escribir de los demás?

Donald me miró fijamente. Vi en su rostro miles de palabras que no llegaba a pronunciar, pero vi también que no sabía darme la respuesta. Si hubiese tenido en su mano una botella de cerveza, probablemente me habría pegado con ella, pero así, con la tacita de café cogida entre el pulgar y el índice, esa acción, estoy seguro, no le pareció atractiva. Si hubiese llevado un cuchillo en la mano, el que mencionaba mi madre... no puedo continuar esta frase. No hay nada peor que imaginar la vida como una sucesión de hipótesis, en vez de aceptarla como es. Ahora sé con seguridad que era precisamente eso lo que mi madre intentó enseñarme toda su vida, pero que yo, en realidad, nunca he aprendido, y no por su culpa, claro, pues ella se acercó casi al límite de la figura ideal de la maestra, es decir me enseñaba cosas sin dejar ver ni la más mínima huella de la enseñanza, estando siempre ausente cuando no tenía que estar presente. Ahora, encogido delante del magnetofón, creo que mi vida habría sido mejor si yo también hubiese oído el consejo de la gitana adivina, y que ninguna objeción a la voz de mi madre podría cambiarlo. Sólo me podría decir a mí mismo que estoy loco por hablar con el magnetofón. Los hay que guardan sobre su chimenea la urna con las cenizas del niño prematuramente fallecido o del bien amado cónyuge, mientras yo tengo en la mesa el aparato para producir la voz que me llega del otro mundo. Voz, cenizas, ¿cuál es la diferencia? «Desde aquel momento», dijo mi madre, «todo cambió, ya no sentía más los brazos de los fantasmas. Lo que el cuchillo corta, cortado está, y si el muñón le da asco a su amo, desde luego es el muñón lo único que le queda. Por eso le dije a tu padre: Si nos quedamos aquí, en Ćuprija, la provincia convertirá a tus hijos en gusanos. ¿Y qué? me preguntó. Así era él: ni siquiera los gusanos le molestaban. Le dije que él podía vivir con los gusanos cuanto quisiera, pero que *mis* hijos serían personas, de una u otra forma. De modo que dos años después logró obtener un puesto en el hospital de Zemun, y cuando el camión con nuestras cosas se detuvo finalmente delante del edificio de la calle 22 de Octubre, donde habíamos alquilado provisionalmente un simple cuarto, en un apartamento ocupado por otra familia, mis muñones dejaron de dolerme. No podía explicarle todo eso a tu padre; ni siquiera lo intenté. Se iba por la mañana al hospital, volvía después de las dos de la tarde, se tragaba la sopa caliente y se comía su empanada de carne, y en seguida se tumbaba en el sofá –entonces todos teníamos que andar de puntillas– y después iba corriendo al ambulatorio y regresaba ya de noche, pálido, con ojeras hinchadas, y a veces con las gotitas de sangre coagulada en los puños de su camisa blanca, o justo debajo del cuello. Cambiamos unas cuantas veces más de habitación, siempre en los edificios antiguos y en los pisos repletos de mobiliario viejo, con el olor a moho y las telarañas que como trapos pendían en los rincones, hasta que por fin nos dieron un piso de nueva construcción en la plaza de Karadzorde. En aquella época la ciudad terminaba allí, o mejor dicho: empezaba, ya que cerca de nuestro edificio se entraba en Zemun, y todo el tráfico con Voivodina y más lejos, hasta Zagreb, con el país entero, en realidad, pasaba al lado de nuestra casa. Coches y camiones, autobuses y tractores, bramaban sin interrupción. A veces me ponía a la terraza y pensaba: Si voy por ese camino y sigo sin girar en ningún momento, llegaré a Zagreb. Jamás quise volver a Zagreb, pero tampoco conseguí librarme de la impresión de que no debía estar justo en el camino que me recordaba mi huida, y que a lo mejor Belgrado hubiese sido mejor decisión, para estar al menos en otra orilla, protegida de...» Su voz desaparece, pero las bobinas siguen girando. Me agacho y me oigo preguntarle: «¿De qué?» «Déjalo», dice mi madre, «eso son bobadas». Recuerdo su gesto con la mano significando que no valía la pena hablar de ello pero yo insistí. «No puedo creer que a ti te asustara algo», dije. «No tenía miedo», me respondió en seco, «sino la aprensión de que todo pudiera repetirse, de que la gente no fuese capaz de cambiar en serio, y de que la maldad, tras tomar posesión de los hombres, no pudiera ya nunca erradicarse». Me apoyé en la mesa pero casi al mismo instante me aparté, para evitar que crujiera. «¿Todavía sigues pensándolo?», pregunté. «Si deseas saber si sigo con el alma en vilo hasta cuando duermo, la respuesta es sí.» Siempre era ella la que me oía llegar tarde y a veces, con su camisón largo y el cabello suelto, salía a reprochármelo. «Pero si deseas saber si creo que todo aquel horror puede volver a pasar, entonces ya no estoy tan segura, aunque puedo imaginarme a otros refugiados recorriendo ese mismo camino, quizá incluso en ambas direcciones.» Me reí. Tanta prepotencia y desconfianza había en mi risa que ahora, mientras escucho su eco en mi casita canadiense, tengo ganas de darme de tortas. Claro que por ese camino han vuelto a andar otros refugiados, claro que todo se ha repetido, claro que había que dormir con el alma en vilo, y por supuesto que nunca supuse que fuera a suceder. «Así que», continuó, «como no estaba en la otra orilla del río, hice todo lo posible por crear esta otra. Durante la guerra conocí a la gente de Serbia y sabía que ya nunca habría paz entre ellos, y que muchos cambiarían como veletas, que el verdadero peligro estaba precisamente en su disposición a seguir al primero que pudiera arrastrarlos, con su consentimiento o no. Pues por eso nos apuntamos, al llegar a Zemun, en la comunidad judía de Belgrado, y no para hacer de vosotros, de tu hermana y tú, auténticos judíos, puesto que allí quedaron sólo trozos de judíos, los restos de un recipiente roto, sino para crear en vosotros, y en mí también, la sensación de pertenecer, para encontrar un suelo firme allí donde todo se deslizaba o se convertía en fluidos entremezclados. Durante las vacaciones íbamos con nuestra comunidad de veraneo al mar, a Rovinj o Split, y en invierno, por las fiestas, íbamos a la sala de la comunidad, donde también vosotros encendíais, como los demás, velas para Janucá y os disfrazábais para Purim. En aquellos años los judíos americanos siempre nos enviaban algo: ropa, calzado, queso, matzá para Pesaj, libros de rezos que nadie quería. Me resulta difícil explicarlo ahora, pero allí me sentía segura, sabía que nada de lo que estaba ocurriendo alrededor nuestro podía hacernos daño. Sin embargo, yo no os presionaba, no ponía condiciones, ya que, al casarme con mi primer marido, yo también seguí mi corazón, que puede aprender, aunque lentamente, a base de repetírselo muchas veces. Hablo demasiado, pero así fue». Nos oigo carraspear, primero ella, luego yo, para dejar paso en seguida al silencio que, un momento más tarde, reconozco como el sonido de la cinta sin grabar. No sé si podría decir que era un sonido; en realidad, está como ahogado por los chirridos de los ejes desengrasados o de las correas ya antiguas; ¿quizá sea mejor no ponerle ningún nombre o simplemente decir que mi madre se levantó y se marchó, y que al día siguiente cogí la caja con una cinta nueva? Vaya, en ese tipo de situaciones deseo tener a Donald a mi lado para poder inmediatamente, justo cuando empiezan a cundir mis dudas, hacerle las preguntas. Sin embargo, cuando se las hacía, no sin haberlas previamente apuntado en trocitos de papel o repitiéndolas infinidad de veces en mi cabeza, no parecían las mismas preguntas. Como si el relato cambiara con cada momento que pasaba, como si lo que no hubiera sido resuelto tampoco se pudiera resolver posteriormente. ¿Es posible, le pregunté a Donald, que el relato exista únicamente dentro de un solo instante del presente, si se puede decir así, y que por eso nunca pueda repetirse, dado que el presente es irrepetible, como lo es cualquier momento del tiempo? No creo que pueda describir la cara que puso Donald. De hecho, si alguien me hubiese formulado una frase tan descabellada, yo también hubiese pensado que algo funcionaba mal en su autor, pero como la había concebido yo mismo, me dije que la gente siempre reacciona de esa manera ante las verdades sencillas que socavan precisamente otras verdades sencillas, sólo que bien asentadas. Cada persona vive en una fortaleza rodeada de cunetas, y a nadie le gusta que por encima de ellas intenten construir un puente. Le hice a Donald otra pregunta sencilla: ¿Es todavía posible contar historias?, sin perder de vista, claro, la extrema artrosis de las estructuras temporales en las que vivimos, pero a él esa pregunta le causó un auténtico asco, puesto que, mucho me temo, había hecho peligrar su convencimiento de que el arte, como la forma suprema de la actividad del hombre, existía precisamente para superar esas estructuras, lo que yo en ninguno de los casos ponía en duda. Hay algo que Donald no comprende. Él piensa que el individuo sin raíces es una cosa fantástica, puesto que no tener raíces le permite gozar de la libertad absoluta, lo que entronca asimismo con los mitos americanos más básicos sobre el movimiento sin límites. Sólo que se trata, naturalmente, de los mitos de los inmigrantes, y no de las creencias de los indios americanos. Donald puede pensar así porque nunca tuvo ninguna clase de raíces. Él no sabe lo que significa tener un lugar y saber que éste te pertenece sólo a ti, al que puedes volver o abandonar para siempre. Ni siquiera intenté decírselo, pues no estaba seguro de poder explicarlo de manera adecuada, igual que no podía escribirlo adecuadamente. Si supiera escribir, podría hacer un libro sobre Donald. Sé que de cada ser humano se puede escribir un libro, y que cada uno de esos libros sería igual de valioso. Sin embargo, pienso que el de Donald podría serlo un poco más, al menos para mí, lo que, de hecho, resulta ridículo, pues si escribo un libro para leerlo solamente yo, ¿por qué escribirlo en primer lugar? A veces creo que es mejor que no sepa hacerlo, porque cuando reflexiono sobre la escritura, no encuentro más que preguntas, y nunca respuestas. ¿Eso también es, a lo mejor, un conocimiento que heredé de mi madre? Ésta es otra de las preguntas cuya respuesta se me escapa, pienso mientras saco la bobina para introducirla de nuevo en su caja, luego saco la bobina que lleva el número tres, la pongo en el magnetofón, paso el extremo de la cinta por el cabezal magnético y lo sujeto en la bobina vacía de la derecha. Al sorber el café completamente frío, me doy cuenta de que he olvidado muchas cosas, la mayoría de los movimientos y prácticamente todas las palabras pronunciadas, pero que recuerdo perfectamente dónde reanudamos la grabación de la tercera cinta. Habíamos grabado la segunda siete u ocho días después de la primera, y ésta la habíamos empezado inmediatamente después del entierro y acabado pasados unos diez días, quizá incluso dos semanas, justo el tiempo que pasó, o casi, antes de iniciar la grabación de la tercera, precisamente el día en el que conmemoramos el mes de la muerte de mi padre. Por la mañana estuvimos en el cementerio, por la tarde en la sinagoga, adonde llevamos huevos duros, panecitos con queso y dos botellas de aguardiente para convidar después del servicio, así que por la noche mi madre y yo nos quedamos solos en el piso. Fue ella, curiosamente, quien propuso que continuáramos la grabación. Me cogió tan de sorpresa que insistí en que no lo hiciéramos, a pesar de que, en realidad, ya me dirigía hacia la habitación donde se encontraban el magnetofón, el micrófono, las cintas y los cables. Luego pensé que tenía algo especial que decirme y me callé, pero me reproché mi egoísmo y recordé que al fin y al cabo le estaba causando dolor, por lo que al final, parado en medio del pasillo y con el equipo completo en las manos, le dije que como ella quisiera, tras lo cual se puso simplemente a quitar la mesa. «Si es así...» dije, recuerdo exactamente que lo dije, sin acabar la frase, pero cuando apreté la tecla de grabación, le pregunté por qué nunca hablaba de su infancia y si era posible que no tuviera nada que contar sobre el mundo en el que había crecido. «A mi edad», le oigo decir, «qué voy a sacar yo con eso». Protesté. Leía a la sazón a ciertos escritores, a Schulz y a Kiš, por ejemplo, y a Nabokov, desde luego, que solían basar sus construcciones narrativas, sin duda dirigidas más bien a los adultos, precisamente en el mundo de la infancia, e intenté explicárselo. Hablé de eso, ahora lo veo, casi quince minutos, como si estuviéramos grabando la historia de mi vida y no la de ella. Y como si los libros reflejaran de veras la vida, como si una vida imaginaria pudiera compararse con cualquier vida real. Pero mi madre se mantuvo en sus trece: cuando decía «no», era «no» radical, no había milagro capaz de cambiarlo. Antes tampoco quería hablar de su infancia, sólo nos dejaba entrever por unos momentos el mundo del que, sospechábamos, huyó tan gustosamente. Sabíamos, eso sí, que en su familia había tantos hijos que los padres la mandaron a casa de los parientes de Derventa para bajar el número de bocas que alimentar. De no haberse marchado de allí, nunca habría conocido, muchos años después, a su primer marido. Derventa era una puerta abierta al mundo, así que cuando él llegó, me imagino, por los negocios, alto y acicalado, modesta pero correctamente trajeado, aspectos que deduje por las fotos del álbum de mi madre, seguro que le pareció alguien surgido de un mundo irreal. Por volver a su infancia, para ella se reducía a una cicatriz en su muslo derecho, imposible de ocultar en la playa, rastro de una travesura, de un intento irreflexivo de saltar por encima de las afiladas estacas de un vallado en el que se quedó enganchada hasta que alguien de la casa salió, le sacó el pico del muslo y luego le vendó la herida. Con sucesos de ese tipo, los escritores mencionados construían una complicada mitología de una infancia arcádica, pero para mi madre sólo quedaba un círculo de piel más pigmentada en el lugar de la herida. En su opinión, las cosas suceden o no, el resto no tiene importancia, y menos aún las frases hipotéticas. Muchas veces me acuerdo de su manera de burlarse de quienes imaginaban la vida como un surtido de posibilidades más o menos amplio. Bastante chalada estoy ya comprando un billete de lotería, solía decir, como para ponerme a imaginar lo que pasaría si ganara. Por eso ojeaba tranquilamente el periódico de los martes, si no me equivoco, buscando los resultados del sorteo. Nunca le tocó. Si alguien me dijera ahora que era porque no creía en la suerte, no sé lo que haría de tanto coraje, pues si alguien sabía creer, era ella, aunque creía sólo en lo que sucedía y no en lo que podía suceder. Cuando venía la muerte, creía en ella; mientras duraba la vida, creía en la vida, no sé si puedo explicarlo mejor. Por supuesto, si supiera escribir, podría decirlo de otra forma, quizá con menos palabras, aunque no estoy seguro de que haya relación entre la calidad de un texto y el número de palabras empleadas. En cuanto a Donald, ignoro lo que diría al respecto, tal vez nada. De todas formas, no debería pensar tanto en lo que él podría decir, dado que en la mayoría de los casos, él se queda sin decir ni una sola palabra. A mi madre no le sería de agrado la malicia de esta última frase. Yo ya no puedo justificarla con mi sensación de pérdida, o con la impresión de que, cuando ya no estoy dentro de mi idioma, no paro de deslizarme por la cuesta, pues si alguien podía hablar de la pérdida, quién mejor que ella, y sin embargo nunca oí de su boca una palabra maliciosa sobre nadie. Bueno, Donald no es así, lo digo en voz alta, pero me traicionan las manos: la derecha crispándose, la izquierda apretando rítmicamente mi rodilla izquierda. Sin embargo, la voz con la que me dirigí a mi madre reflejaba un enfado fácil de reconocer, a pesar de los chirridos de las correas o los ejes desengrasados. Otro en mi lugar se habría levantado hace mucho rato en busca de aceite lubricante, tal vez incluso, de no encontrarlo en casa, habría ido a comprarlo hasta la tienda más próxima. «De acuerdo», dije. Mi voz temblaba un poco, pero lo podía achacar al sistema de transmisión desajustado y a las cintas aflojadas después de tanto tiempo. «Si no quieres hablar de tu infancia», añadí, «dime por lo menos si eras feliz». «¿Qué quieres decir?», me preguntó mi madre. «Eso», le dije, «como lo digo, no sé si se puede expresar de otra forma». La irritación se apoderaba de mí, la podía reconocer incluso aquí, en la casa que nunca será mi hogar, una irritación sin motivo, cruel de puro inoportuna, una irritación creada por la impotencia, o la evidencia, supongo, de que un hijo nunca podrá ser nada más que un hijo, y que siempre tendrá que acatar la autoridad de los padres. No recuerdo lo que en aquellos momentos hacía con las manos, y menos con la izquierda, ya que tal vez tenía en la derecha un lápiz. Mi madre era diferente: sus manos descansaban en su regazo, y sólo a veces, en la silenciosa desesperación tras alguna noticia triste, las levantaba hasta el rostro y se las apretaba en las sienes. Si no hubiera estado tan tranquila, yo habría recogido el magnetofón, enrollado el hilo y puesto el micrófono en su funda plástica. Ahora sí comprendo el porqué de mi irritación: creía que el arte era algo más grande que la vida, y me parecía que en sus palabras, las que habíamos grabado hasta aquel momento, no existía más que la vida, un material bruto, interesante quizá para un archivero o un historiador, pero sin valor alguno para un poeta o un prosista. Claro, sabía –incluso escribí en un poema sobre eso– que el arte procede de la vida, pero consideraba que era necesaria una vida de carácter *sublime,* mientras que en la de mi madre, en la que me había contado hasta entonces, nada indicaba la presencia de lo sublime. Qué estúpido por mi parte, le comenté a Donald, quizá el mismo día en que estuvimos mirando el mapa de la antigua Yugoslavia, o quizá antes, pero en todo caso en el mismo restaurante de la isla fluvial. Estaba ciego, le dije, estaba, en realidad, cegado por mi amor a mi padre, y se me había olvidado que un ciego, como justamente solía decir mi madre, ve en la oscuridad mejor que los demás. Donald en seguida sacó su cuadernito y anotó, como dijo, esta reflexión sobre la ceguera. Con eso, dijo, se puede hacer un poema. Yo no sabía escribir poemas. En mis poemas, incluso cuando hablaban del deterioro o de la descomposición, siempre había una fuente de luz. «La felicidad es la costumbre», dijo mi madre, «si ésa es la respuesta a tu pregunta». No lo comenté, se oía claramente que me quedé sin palabras. Ella soltó un suspiro. Se dio cuenta de mi enfado, pero cuando ahora lo escucho, con los dientes apretados, por fin comprendo que ese enfado no le importaba, dado que su dolor por la pérdida de su hombre, mi padre, que tanto la había ayudado sin siquiera saberlo, creyendo que en realidad era ella quien le ayudaba, y no sólo a salir del abismo de sus respectivos duelos, que amenazaba con tragarlos, sino a encontrar también el camino que llevaba a la confianza, a la seguridad, a algo incluso más valioso: al perdón, por lo que ese dolor resultaba mucho más hondo y sincero que el mío. Tal vez pueda expresarlo mejor, pero entonces tendría que parar el magnetofón. ¿Y qué sabía yo en aquella época del dolor, y de la pérdida? Nada. En el mejor de los casos, y a pesar de lo irremediablemente falso que me suena lo que voy a decir acerca del dolor, creía que había que relacionarlo con la culpabilidad. Creía que alguien tenía que asumir la culpa por mi dolor y también por la muerte de mi padre. Ahora sé que no hay que buscarlo en los demás, ya que siempre lo llevamos en nosotros, y sé que el dolor es el centro de todo cuanto somos. Parece rimbombante, tal vez patético, y seguro que a Donald no le gustaría. Y no se lo voy a decir. ¿Por qué tendría que decirle todo? Mi madre carraspeó –siempre alguien carraspea si hay un silencio prolongado– y luego dijo: «Era feliz cuando naciste.» Intenté decir algo pero ella me cortó. «Y también cuando nació tu hermana», añadió. «Y antes de la guerra también. Cuando conocí a mi primer marido, antes de saber que iba a ser mi marido, era feliz. Y al lado de nuestros hijos, y cuando sus padres aceptaron vernos a todos juntos, y mientras esperaba su regreso del trabajo, era feliz. Pero cuando todo empezó a cerrarse, la felicidad desapareció. No puedes ser feliz si ves que el mundo se hunde en las tinieblas. A lo mejor guardas la esperanza, pero eso no es la felicidad, y ya sabes que lo que se cierra una vez, nunca más vuelve a ser igual que antes, por mucho que se abra de nuevo. No era feliz cuando me casé con tu padre. ¿Cómo podía ser feliz sin ninguna esperanza? Después me acostumbré. Le dije: No me pidas nada y te daré todo lo que pueda. Y él lo comprendió. No sé si *tú* lo vas a comprender, pero no se puede ser feliz cuando el pasado es lo único que tienes y cuando tus recuerdos no te abandonan. Vivíamos en un mundo donde nos hablaban de un futuro prometedor, pero que se quedaba estancado cada vez más, y que, por mucho que intentaran que lo olvidáramos, no existía más que para recordar, y que, por mucho que nos asegurasen que todos éramos iguales, sólo mostraba con más claridad las diferencias entre todos nosotros. Durante nuestra primera visita a Israel, ninguna de las personas que conocí hablaba de lo que había ocurrido antes de la creación de Israel, o antes de que llegaran. Su vida empezaba al abandonar su barco, o al salir del avión, pisando el suelo de Israel. Lo que había ocurrido anteriormente pertenecía a otro tiempo, ya terminado. No lo habían olvidado, simplemente no lo mencionaban, formaba parte del pasado. De eso se trata: el que vive en la historia, no vive en la vida, es un cadáver por muy vivo que esté. La vida se come a grandes cucharadas o a pequeños bocados, pero lo que no se puede hacer es sentarse a mirarla. Lo que tienes en el plato lo puedes comer o no, la tercera posibilidad no existe, ¿verdad?» Fue mejor que no aguardara mi respuesta, dado que por aquel entonces leía sin cesar libros sobre el misticismo, el budismo zen, la materia y la antimateria, los mundos normales y paralelos, y si hubiera empezado a hablar, probablemente no me habría parado hasta acabar la cinta, quizá tampoco entonces. Sin embargo, lo que estábamos grabando debía hablar de ella, y no de mí, de la misma forma en la que el libro, si lograra escribirlo, debería mostrarla a ella, en ningún caso a mí, yo no soy de los que en cada foto se ponen en primera fila. Mi madre solamente hizo un gesto con el brazo y continuó: «Después de eso, todo fue fácil. Cuando te decides, todo desaparece como si nada. Decidirte, eso es la felicidad. Aquí la gente nunca consigue aprender ese arte, siempre se queda indecisa, sin saber a qué carta quedarse, por lo que no pertenece ni al presente ni al pasado, no digamos al futuro. Sigue teniendo la impresión de que una cosa es más hermosa que la otra, especialmente si le resulta inalcanzable. Yo, cuando regresé de Israel, lo ordené todo y a cada cosa busqué su sitio. Las fotos del álbum de la preguerra, me dije, eran sólo los trozos de un tipo de papel que poco a poco amarilleaba; las lápidas eran unas piezas de granito o mármol talladas por determinados artesanos y no por el corazón; una carta es como un matasellos, puedes leerlo hasta que desaparezca, después no vale nada. Claro, ahora tú puedes decir que tardé quince años en tomar una decisión tan sencilla, y que se trata de un período terriblemente largo, y es cierto, pero puedes pensarlo así porque vives en una época en la que, gracias a Dios, no tienes que afrontar esa elección. Para ti no hay un antes y un después, para ti lo que cuenta es ahora, este momento, igual que para mí, entonces, durante mi primer matrimonio, existía sólo aquel momento. No dejaba de sorprenderme la gente que hablaba de lo bonito y tranquilo que era todo durante el Imperio austrohúngaro, y cómo entonces se sabía quién era quién y dónde estaba el sitio de cada uno. Su vida parecía una nostalgia perpetua de lo pasado, de lo que no podía ya volver. Si ves así las cosas, lo transmites como un suave veneno a todos en tu entorno. No quería que fuerais así ni tú ni tu hermana, vuestro padre tampoco. Si yo aguantaba el dolor, y él también, ¿por qué deberíais ser vosotros los responsables? De manera que hicimos todo lo posible para llegar a Belgrado, que en aquellos tiempos ya crecía como las habas en agua. La gran ciudad libera, lo sentí primero en Zagreb, a pesar de que nunca más volví allí. En Ćuprija tenía constantemente la impresión de llevar un turbante que no dejaba de apretarme la cabeza, en Peć era dichosa con sólo poder ver el cielo, y únicamente en Belgrado, por primera vez después de la guerra, empecé a respirar de verdad. Sin embargo, no llegamos a Belgrado, sino a Zemun, por lo que en los primeros momentos, que, de hecho, duraron varios años, pensaba que nada había cambiado, me parecía que en vez de turbante llevaba un pañuelo, pero que también apretaba; después comprendí que Zemun y Belgrado eran dos partes de una misma ciudad, separadas sólo en apariencia, que tenían que unirse algún día. Pero nunca pude olvidar, nunca quise olvidar, que las unía el recinto de la antigua feria, y que poco a poco, lo veíamos claramente desde los coches de transporte urbano, iba transformándose en el centro de una nueva ciudad. Por supuesto, ella ya no se acordaba de aquellas personas que antes estuvieron en ese mismo sitio, en el campo de concentración, de donde los llevaban al pelotón de ejecución o a las cámaras de gas, a ellos ya nada les podía devolver, pero no conseguía evitar el temor de que de ese modo, negándose a dejar indicios de su ausencia, esa misma ciudad de hecho les humillaba. No sé por qué tuvo que ser así, pero así fue. Lo mejor que uno puede aprender en la vida es que hay momentos en que no debe hacer preguntas. Callas y recuerdas. Lo que llevas dentro no te lo puede quitar nadie, y lo que está fuera igual no es tuyo. Por eso nunca os dijimos, a ti y a tu hermana: Mira aquel lugar, el culpable es fulanito. Os decíamos sólo: Míralo. Porque, ¿qué es la culpa? ¿Y quién puede, quién realmente puede decir quién es culpable y quién no?» No continuó. Supongo que esperaba mi respuesta, pero yo no sabía cómo responder, y tampoco lo sé ahora. Si supiera, probablemente no estaría en esta casa, en este país demasiado grande, que no se entiende a sí mismo en igual proporción que no se entendía mi antiguo país. Mi madre hubiera reconocido en ello una delicada ironía de la vida: del país recién desmembrado te vas a otro que se mantiene únicamente porque no sabe cómo desmembrarse. Ella misma había hecho algo parecido, quedándose en el país que se parecía a un viejo cacharro primero roto y luego pegado, que retenía agua sólo hasta donde terminaba la garantía de aquellos mismos fontaneros que antes de irse, cuando el agua ya salía a raudales, rompieron incluso lo que previamente no estaba roto. De la misma forma explicaba a Donald la historia, al tiempo que nos inclinábamos sobre el mapa. Aquello me resultaba más fácil que hablarle de los chetniks, ustachis, comunistas y el gobierno del reino en exilio. La verdad es que tampoco hay mucho que contar, le dije, ya que la historia, en última instancia, resulta ser siempre el mismo cuento sobre la disposición de colaborar y aceptar su parte de los compromisos para salvar la cabeza en los hombros o para asegurar su influencia política. En la mayoría de los casos, dije, ya no vives como te gustaría, sino como quiere otra persona. En la dictatura la minoría ejerce el poder sobre la mayoría, añadí, en la democracia, en cambio, la mayoría domina a la minoría, pero de todas formas existen los que han de vivir como no querrían. Donald dijo que el totalitarismo me había lavado el cerebro y que había perdido el sentido de cualquier sistema de valores, pero yo le respondí que la supuesta justicia de la democracia formó en él un sistema de supuestos y no de auténticos valores. Puede parecer que discutíamos, pero nos sonreíamos. ¿Por qué íbamos a pelearnos? Yo siempre seré europeo, él será norteamericano, así que no hay manera de cambiar lo que sea, siempre seremos como el día y la noche. Ahora me viene a la mente que habría que hablar de ello como de una diferencia entre el amanecer y el anochecer, puesto que ambos, él como canadiense y yo como yugoslavo, compartíamos la ausencia de la identidad reconocible, y que nuestros países, el mío ya antiguo y el suyo todavía funcionando, ocupan las zonas extremas en sus respectivos continentes, por lo menos para aquellos que se ven como creadores de esos continentes. Él es un ser fantasmal del norte, yo un ser fantasmal de una comarca del quinto pino que ni es del norte, del sur, del este, del oeste ni del centro. En realidad, nosotros dos somos como aquellos gemelos que no se parecen ni lo más mínimo, lo que explica por qué hay entre nosotros a la vez atracción y repulsión. En resumidas cuentas, cuando escriba el libro sobre mi madre, si llego a escribirlo un día, seguro que escribiré otro sobre Donald. Incluso si no escribo sobre mi madre, a lo mejor debería escribir sobre Donald. Porque si no fuera por él, quizá yo no existiría, es decir seguro que no existiría. Resulta difícil trasplantar una planta: hay que proporcionarle unas condiciones idénticas, los mismos porcentajes de humedad y componentes minerales, y tratándose de las personas muchísimas cosas más, ya que al trasladarse cambian por completo de hábitat, lo que es lógico, porque de no ser así, si el mundo fuera igual en todas partes, entonces no habría necesidad alguna de cambiar de hogar, y nadie se iría a otro sitio por la mera razón de ser idéntico al primero. Donald ha sido, y sigue siendo, mi jardinero. Si no fuera por él, me habría secado desde hace tiempo ya. Mi madre lo habría entendido, se le daba bien cuidar de las plantas. Las violetas japonesas crecían vertiginosamente bajo sus manos. Hubo un momento, muchos años atrás, en el que teníamos tantas macetas de violetas japonesas en nuestro piso que para movernos teníamos que dar saltitos. Ella atribuía ese crecimiento a su capacidad de hablar con las plantas. Mientras mi madre le daba nombre especial a cada violeta, a mí todas me resultaban iguales, la única diferencia que notaba era el color de sus flores, aunque, si no me equivoco, predominaban las de pétalos blancos. No recuerdo cuánto tiempo pudo durar aquello, de hecho, lo que ocurría dentro de mi familia nunca me producía el más mínimo interés; ahora ya no tengo a quién preguntar. Si se lo hubiera preguntado a ella, me habría escuchado. Sabía escuchar. Mi padre también, pero muy pronto una brillante corteza, parecida al párpado transparente de algunas aves, le cubría los ojos, lo que era señal de que, sin moverse, estaba retrocediendo cada vez más, que se hundía en sí mismo. Mi madre, en cambio, siempre paciente y testaruda, no perdía la concentración. No puedes hacer un relato con eso, repetía Donald. Siempre se excitaba cuando se proponía explicarme lo que constituye un relato. Siempre subrayaba la necesidad del movimiento, la importancia de la acción. Aborrecía a los escritores que usaban los trucos, y especialmente a uno cuyo nombre no recordaba y que pretendía que un escritor, en el fondo, era un brujo. El universo tal vez esté torcido de una manera inexplicable, decía Donald, pero el relato tiene que ser claro. Eso lo apunté en un trozo de papel y lo puse sobre el frigorífico con un imán, aunque no tenía la menor idea sobre cómo transformar una historia que no me era clara para nada en algo claro para todos los demás, incluso para mí. El escritor es como el filtro de una cafetera, opinaba Donald, y ha de retener, igual que un filtro, el poso innecesario para dejar paso al jugo, al líquido, que es la esencia. Si el escritor explica, seguía Donald, entonces se queda en ese poso, no consigue franquear el filtro. Tanto le gustó esa metáfora que durante días estuvo orgulloso de sí mismo. Una vez incluso me obligó a mirar cómo se hace el café, cómo va goteando el líquido, cada vez más oscuro, en el recipiente de cristal, y al final, triunfalmente, sacó el filtro con el poso húmedo. En otra ocasión me expuso con pelos y señales su teoría de que la diferencia entre una visión progresista y otra atrasada del mundo se escondía precisamente en el tratamiento del poso, que los pueblos retrasados seguían vertiendo en la taza con el café. Reía autosatisfecho al otro lado de la mesa como si acabara de descubrir la suprema y universal teoría sobre la que descansara el universo entero. Si me lo hubiese dicho en Belgrado, lo habría dejado inmediatamente, pero en América uno se acostumbra a esas cosas. A ese respecto, cada norteamericano resulta más tozudo que mi madre. Pero seguro que ella no hubiera sido tan comprensiva como yo. A su entender y teniendo en cuenta sus orígenes bosnios, tomar café era el momento en que, tras olvidar las preocupaciones cotidianas, uno se acercaba a lo divino, se sentaba a los pies mismos de Dios. Solía decir que el poso contenía el futuro, así que tomar el café con poso significaba para ella la unificación de todos los segmentos temporales, y que, en cambio, los que lo tomaban sin poso existían sólo en el presente. Donald, cuando se lo expuse de este modo, reaccionó con una mueca de disconformidad, y apostilló que se trataba de una prueba más de nuestra obsesión por el pasado. La poca historia de su país tampoco la tomaba muy en serio, como si la historia fuera un proceso en ambos sentidos, capaz de renovarse o cambiar, como si fuera posible ver un buen día a todos los indios y los bisontes paseando por los prados ondulados. Si llego a escribir el libro sobre mi madre, ahora lo sé con toda seguridad, también escribiré uno sobre Donald. Todo principio es rudo, decía ella, después resulta más fácil romper el hielo. Me gustaría oír lo que hubiera dicho al ver el hielo de aquí. Quizá se podría perforar, pero eso sería tanto el comienzo como el final. Después de un esfuerzo de tal magnitud, a cualquiera le daría exactamente igual, tendría simplemente ganas de echarse un rato en ese agujero azul y no levantarse jamás. Si pudiera escribirle cartas a mi madre, o mejor dicho, si tuviera sentido escribirle cartas, le preguntaría qué pensaba: ¿por qué entre todos los lugares de la Tierra he ido a elegir precisamente éste, donde el final de un invierno y el principio del siguiente se unen tras un corto y engañoso período de dos meses en el que sólo con mucho empeño se puede distinguir la primavera, el verano y el otoño? Ella siempre sabía dar respuestas a las preguntas difíciles, incluso a las que no eran expresadas en voz alta. Me leía, como se suele decir, como un libro abierto. Nos leía a todos como los libros, a mi padre, a mi hermana, a mí. Éramos como una biblioteca ambulante y ninguna tapa podía protegernos, y menos cuando en el fondo no queríamos tal protección. Mucho más a menudo deseábamos lo contrario: que nos cogiera y nos hojeara, que nos dijera cómo resolver el enredo en el que figurábamos como protagonistas. Nos íbamos entonces a la cocina, que era su reino –lo que hoy en día ninguna mujer aceptaría, ya hace tiempo que esta especie ha desaparecido sin haber figurado nunca en los listados de especies en vías de extinción–, cogíamos cualquier asiento y nos quedábamos mudos, esperando que nos revelara lo que se nos escapaba. Mi padre era médico, persona de ciencia y de datos, sabía cómo funciona el cuerpo humano, cuál era la posición óptima del feto en el útero y de dónde salían los glóbulos blancos y rojos; mi hermana estudiaba matemáticas, todo se le presentaba como una abstracción concreta, y creía que todo, tanto las estrellas del cielo como las hormigas del hormiguero subterráneo, podía ser expresado mediante ecuaciones matemáticas con innumerables letras griegas; yo buscaba en la literatura la misma despiadada lógica que permitía al arquitecto construir una casa o al mecánico montar un motor; y sin embargo, todos nosotros esperábamos humildemente oír su sentencia, que se oponía a toda lógica, a los hechos, a la ley de los números. La cocina siempre estaba caliente en invierno y fresca en verano, incluso cuando en el horno no había lumbre o cuando a través de la puerta del balcón, abierta de par en par, penetraba el bochorno de julio. Cuando murió, la cocina se volvió tan fría en invierno como calurosa en verano, y nada pudo remediarlo, ni el hecho de que yo comprara una estufa eléctrica o mandara instalar unas persianas en las ventanas. Nunca llegaremos a saber ciertas cosas, y supongo que ahí radica el sentido de nuestra existencia. A Donald eso no le gustaría, o a lo mejor sí, también eso lo habría apuntado en su cuadernito, ya no estoy seguro. No estoy seguro de nada, sentado aquí, un poco entumecido, pendiente de la voz que me llega a través del tiempo y más allá de la vida. Mi padre me enseñaba cosas con su ejemplo, con los gestos y las palabras, como si alguien dijera: Así coges el cuchillo, así preparas la espuma de afeitar, así dices a la mujer que la amas, pero mi madre, en cambio, lo hacía sin nada, con su mera presencia, o ausentándose, con el silencio, sin palabras. No sé si se lo podría explicar a Donald, ni siquiera sé si he logrado explicármelo a mí mismo. Nunca debes creer demasiado al maestro que instruye con palabras, le diría a Donald, puesto que te enseña que es posible conocer el mundo sólo tras haberlo construido nuevamente, como si el mundo en sí no fuese suficiente. Quizá por eso vine al hemisferio norte de la Tierra, porque cuanto más lejos te vas hacia el norte, menos necesitas construcciones de ningún tipo, porque el mundo se te presenta tal cual es, limpio y claro en su horrible simplicidad. Eso, naturalmente, no quiere decir que lo comprenda mejor, sino que entre él y tú quedan cada vez menos cosas interpuestas. Sin embargo, yo no me he ido lo suficientemente lejos, digo en voz alta, y en ese mismo instante tengo que parar la cinta, ya que mis palabras coinciden en el tiempo con las de mi madre. Ella había estado esperando mi respuesta y cuando vio que, en vez de hablar, yo agachaba la cabeza cada vez más y probablemente garabateaba en el papel que tenía delante, se levantó y luego se sentó otra vez. «Cuando una persona desaparece», dijo, «no hay palabras que la puedan devolver». Rebobino la cinta y escucho esa frase una vez más. Pienso en la familia que vivió en esta casa antes de que yo la arrendara. Al entregarme las llaves, la propietaria, una mujer china, delgada, ya mayor, me contó que su familia tuvo que regresar a su país porque su hijo había muerto en un accidente. No me dijo adónde regresaron, ni de dónde habían venido, ni cómo murió su hijo, ni la razón por la que me lo contaba. Me dio las llaves, se inclinó ligeramente y se marchó. Ahora creo que me lo dijo a fin de que pudiera oír mejor, o más atentamente, lo que me contaba mi propia madre. Qué tontería, diría Donald, otro descabellado intento de atribuir a las cosas un significado que en realidad no tienen. La casa estaba impecable de limpia, incluso en el florero sobre la mesa de la cocina había un ramillete de flores de campo. Rebobino la cinta otra vez, aprieto el botón del magnetofón. «Cuando una persona desaparece, no hay palabras que la puedan devolver», dice mi madre. Seguro que eso no podría consolar a la abatida familia china. No sé por qué creo que ellos también eran chinos. ¿Quizá por el paquete de arroz sin abrir que encontré en uno de los estantes de la cocina? Otra de tus tonterías, diría Donald, todo el mundo consume arroz hoy en día: las cocinas estrictamente nacionales son cosa del pasado. En todos los menús puedes encontrar salsa de soja, dulces árabes, hummus, pizza, salchichas con chucrut, morcilla con col, estés donde estés, en Oriente o en Occidente, en el norte o en el sur. De eso se trata: el que dice que los puntos cardinales ya no importan, no cuenta con el mundo, de la misma manera que para el que pretende que todos somos iguales no existen los individuos sino única y exclusivamente un mar agitado de seres humanos, como si las personas fueran peces o tomates. El norte es el norte, y el sur el sur, así que si te atrae el primero, no puedes convertirte en admirador del segundo. Por eso mismo me marché al norte, porque ya no creía en el sur.

El calor ablanda al hombre, le hace creer en espejismos, en visiones surgidas en la cima de algún monte o en el umbral de una cueva monástica. El norte no permite tales vacilaciones, impone el rigor; el norte es la esencia misma de la concentración. La maldición de mi antiguo país radicaba precisamente en estar demasiado cerca del sur, lo que incitaba a la gente a creer en las visiones y a la vez las hacía evanescentes, así que en cuanto uno se imaginaba tener algo entre las manos, se quedaba sin nada, y en vez de elevarse, caía, se hundía en el vacío. Un país descuartizado entre los cuatro puntos cardinales, le dije a Donald mientras nos inclinábamos sobre el mapa, como el mío, en parte al norte y en parte al sur, con un pie en Oriente y otro en Occidente, un país así está abocado a la ruina. Y cuando las fuerzas centrífugas desgajan los territorios periféricos, dije y pasé el índice por Eslovenia, Croacia, Serbia, Macedonia y Montenegro, entonces las fuerzas centrípetas, abandonadas a ellas mismas, aplastan lo que está en el centro. Apreté el pulgar en Bosnia y le miré directamente a los ojos. Donald me devolvió una sonrisa y asintió con la cabeza; de no conocerlo, habría pensado que lo había entendido todo. Si la historia fuera física, dijo, la podríamos investigar con las fórmulas y conocer el resultado de antemano, y también cómo evitarlo, pero el problema es que la historia no es física. Ahora era él quien me miraba a mí. Mi madre decía que todo está escrito en los ojos de la gente, y que nunca deberíamos confiar en los que evitaban nuestra mirada. De esa gente decía que tenían ojos inaprensibles como si se escurrieran en aceite, mientras los ojos de los inquietos eran como peonzas, los enfermos los tenían ardientes como brasas, los curiosos como barrenas y los medrosos como un ciervo. A mí me dijo una vez que los míos eran como las bayas del endrino. Todavía ignoro a qué se parecen las endrinas, pero sigo pensando en ellas cada vez que me miro en el espejo. Donald tiene los ojos menudos y parpadea más de la cuenta, como si los tuviera llenos de polvo. Tal vez a él tampoco debería creerle, pero si no lo hago, ¿qué me queda? «Cuando una persona desaparece, no hay palabras que la puedan devolver», dice mi madre por cuarta vez. Mi primer pensamiento fue que la muerte de mi padre era todavía muy reciente y que, a pesar de todo, ella no aprobaba mi intento de conservar un rastro de su vida incitándola a hablar de sí misma. Me sentí incómodo, me moví en la silla, puse mala cara y fruncí el ceño. De ese modo esperaba dejar claro que no aceptaba tal explicación. ¿Acaso no acababa de decir que el sentido de la vida, por muy trágico que fuese, no consistía en denunciar a los culpables? Estaba mirándola, con cara de enfado, por encima de la mesa. Por mucho que dudara de la literatura, ahora estaba dispuesto a defenderla, a defender su derecho a disponer de las palabras y en consecuencia de la posibilidad de recuperar a los que ya no estaban. «No tienes por qué enfadarte», dijo mi madre, «yo también, de joven, creía que la vida se podía describir, pero luego sucedieron cosas que escapaban a toda descripción, así que ya no tengo esa fe». No sabía qué decir. Seguía ceñudo, pero notaba cómo una expresión de sorpresa se iba apoderando poco a poco de mi cara. Nunca he sido de los que pueden seguir enfadados por mucho tiempo. «Existe sólo una forma de resistir al mal», dijo mi madre, «y consiste en buscar dentro de ti mismo la huella de la bondad. Cuando no paras de pensar en los posibles culpables, anulas en ti toda posibilidad de bondad. No digo que se deba olvidar, pues el olvido también es una forma de sentirse culpable, por lo que puede instar al mal, sino que hay que dejar de recordar. Eso precisamente me daba seguridad en la comunidad judía. Si hubieran querido aferrarse al problema de las culpabilidades, los judíos no habrían podido, después de la guerra, sentirse en casa en ningún lugar de Yugoslavia, ni del mundo, y sin embargo se quedaron. A nadie acusaron de ser culpable, simplemente apuntaron en sus libros y recordatorios todos los lugares de martirio y todos los nombres de la gente que había estado en dichos lugares, y si algún día llegaba el momento de localizar a los culpables, ellos sólo tendrían que sacar sus listas e indicar los lugares, sin hacer nada más». Yo sentía que no entendía del todo de qué me hablaba, y no sabía qué expresión de la cara adoptar. Ahora, sin embargo, lo comprendo y lo sé. Incluso intenté explicárselo a Donald cuando me preguntó por qué, en realidad, se había desatado la guerra en mi país. Por la culpabilidad, le dije. Porque hay personas que pretenden hacernos creer que lo más importante es saber los nombres de los culpables de algo que sucedió en un pasado más o menos lejano, al precio incluso de crear nuevos culpables y destruir toda posibilidad de vivir con tan sólo el recuerdo de una culpa. Por supuesto, le dije, cuando esos mismos se dirigieron a los judíos pidiéndoles que, en calidad de testigos, nombraran a los culpables, lo único que hizo la comunidad judía fue sacar las listas con los nombres y los lugares, rechazando pronunciarse. Las listas mostraban a las claras, añadí, que todas las facciones implicadas en la guerra anterior –que según los que pedían la denuncia de los culpables coincidía con la contienda actual, como si fuera posible regresar al pasado–, que todos, salvo los partisanos, habían asesinado judíos y que, lógicamente, la comunidad judía no creía en la designación de los culpables sino en la designación de las víctimas. Parecía que estaba pronunciando un discurso político, pero estaba convencido de que mis palabras llegaban a Donald que, de hecho, creía en los políticos, no porque considerara que no mienten, sino porque ellos, decía, no se atrevían a mentir en exceso, puesto que si se les desenmascara, su carrera política se vería truncada en el acto. Mi experiencia era diferente. Yo no les creía, porque donde me tocó vivir aprendí que los políticos, en caso de necesidad, se limitan a sustituir una mentira por otra, sin que eso tenga la menor incidencia en su carrera. Lo que se ha puesto aún más de manifiesto si cabe, le dije, cuando se ha desencadenado esta última guerra. Tal cantidad de vergonzantes mentiras, dichas en tan poco tiempo, no se pueden comparar con nada en la historia de la infamia. Donald sintió la necesidad de darme unas palmadas en el hombro. Los canadienses, en general, suelen tocarse muy pocas veces, pero las palmaditas en el hombro están permitidas como una especie de consuelo o una muestra de comprensión. Donald, al parecer, quiso consolarme, ya que dudo mucho que me comprendiera. Es cierto, dijo, resulta natural que un escritor aspire a la verdad, bien que, apostilló, en cierta medida eso es absurdo, porque su oficio consiste precisamente en manejar todo tipo de invenciones, que en última instancia no son más que patrañas. En resumen, él pensaba que yo me había marchado porque no podía soportar el peso de la mentira, pero yo me fui, de hecho, porque no podía soportar el peso de la verdad. En la primavera de 1994, pues, tuve la oportunidad de viajar, como intérprete para una de las organizaciones humanitarias internacionales, a Banja Luka. La guerra ya se había endurecido en todos los frentes, las carreteras estaban machacadas y eran poco seguras, y todo el tiempo topábamos con las patrullas de control o con las barreras que nos obligaban a tomar otros caminos. Los soldados, descuidados, con barba, examinaban nuestra documentación con detenimiento, pedían cigarrillos, masticaban briznas de hierba y escupían. Cuando llegamos a Derventa, pensé que Hiroshima no debió de tener un aspecto muy distinto y que aquello no era más que un paisaje marciano. Tuvimos que buscar un mecánico; en el caos de la guerra, esos talleres eran los únicos que estaban siempre abiertos. Mi madre decía que en su época en Derventa vivían representantes de catorce comunidades, me lo repitió incluso sólo dos o tres meses antes de morir, cuando ni siquiera planeaba semejante viaje. Nunca comprobé esa información, pero aun así, si no había catorce sino nueve, o sólo cinco, en este o cualquier otro sitio, por ejemplo en Bjeljina, o en Brčko, para nada cambiaría lo que ella pretendía decir. El mecánico ya estaba metido bajo nuestro coche, apretando clavijas y golpeando con un martillo el árbol de transmisión, cuando le pregunté quién vivía ahora allí. Nadie, dijo, sólo los nuestros. Los miembros de la organización humanitaria quisieron saber de qué hablábamos. El mecánico se puso de pie, se limpió las manos en el pantalón militar grasiento y me dijo que les tradujera que aquí, prácticamente al lado de su taller, construirían después de la guerra una iglesia con el campanario más alto de los Balcanes. Sin embargo, no sabía dónde se encontraba antes la antigua sala de baile donde mi madre conoció a su primer marido. Si es que todavía existe, dijo, seguro que ahora la recorre el viento. Miró hacia el techo del taller y todos le imitamos: por todas partes los agujeros dejaban ver el cielo. Los miembros de la organización humanitaria preguntaron si podían fotografiar su taller, el techo perforado y las ventanas rotas. Primero sacaron fotos sin preguntar, desde el coche y en movimiento, luego también, no soltaban las cámaras, y si lo hacían era sólo para cambiar el carrete y poner baterías nuevas, hasta que llegamos a Banja Luka. Antes de irnos querían saber por qué todas las casas en casi todos los pueblos que atravesamos estaban quemadas. Hasta donde nos alcanzaba la vista, por todos los montes de alrededor, lo único que hemos visto son edificios quemados, dijo uno de ellos. El mecánico les miró y me preguntó si les había dicho lo de la iglesia con el campanario más alto. Se lo confirmé, pero me pidió que se lo dijera otra vez. Cuando lo hice, me dijo que se lo repitiera una vez más. Si continuamos así, pensé, nunca llegaremos a Banja Luka. El mecánico se quedó satisfecho. A esos extranjeros, dijo, hay que repetirles todo varias veces, si no no se enteran. En un rincón del taller, apoyada contra la pared, había un arma automática reluciente. Luego, cuando al anochecer entramos en Banja Luka, antes que nada nos llevaron a la plaza vacía donde, nos dijeron, levantarían la iglesia que los ustachis habían derribado en la guerra anterior, obligando a los judíos a llevar sus ladrillos y el material de construcción a otro sitio. Desconocía si eso ocurrió tal como lo contaban, y tampoco le daba mucha importancia. Yo era intérprete y no un comentarista de la historia, y menos de la de aquel lugar, que en la realidad había desaparecido, o dicho de otro modo, no vivía más que un tiempo prehistórico con el objeto de repetir otros tiempos, como si la vida fuera un manual cuyas páginas se pudieran arrancar y sustituir por otras nuevas, que de hecho eran ya antiguas a su vez. Los traductores aparecen en la Tierra precisamente cuando se derrumba la Torre de Babel, que tal vez no fue ni una iglesia ni un templo, pero que sin duda pretendía llegar hasta el mismísimo Señor. He leído en alguna parte que Dios aparentemente se asustó cuando vio que los hombres, hablando un solo idioma, podían lograr mucho más de lo que él había planeado, si de verdad tenía algún plan, lo que le provocó una terrible confusión y a la vez la necesidad de intervenir. También en aquellos momentos, ya de regreso hacia Belgrado –pero no por la misma carretera por la que habíamos llegado, pues a causa de las reanudadas escaramuzas en las cercanías del valle del río Sava, tuvimos que conducir por caminos secundarios, brincando por encima de los baches y masticando las partículas de polvo–, en aquellos momentos, pues, me di cuenta de que mi país también se hacía añicos porque a alguien, aunque sería mejor usar esta palabra en plural, le había molestado el hecho de que todos habláramos el mismo idioma. Así derribó Dios la Torre de Babel, y aquí, en mi país, ponían minas en las mezquitas, incendiaban los monasterios, destruían las iglesias. Si a Dios le produjo satisfacción ver lo que había hecho, es difícil negarles ese placer a los demás. Ni siquiera intenté explicárselo a los miembros de la organización humanitaria, y si lo hubiese intentado me habrían mirado con la misma incompresión con la que me miró Donald cuando, todavía repasando el mapa con el índice, acabé la historia de mi andanza. Llegamos a Belgrado, la misma tarde dimití y acabé mi carrera como intérprete, y a la mañana siguiente guardaba cola delante de la embajada de Canadá. Teniendo en cuenta que yo todavía creía en aquel idioma común, le dije a Donald, me convertí en una especie de hombre prehistórico, vivía en una historia que ya no existía, en un tiempo que, según todos, jamás había tenido lugar. A un hombre así no le queda más remedio que exiliarse voluntariamente y adelantarse de esa forma a los que le expulsarían a la fuerza. Al fin y al cabo, dije, exilio no es más que un sinónimo de verdad, aunque también se puede afirmar, añadí, que designa nuestro estado permanente, ya que Adán y Eva fueron exiliados del Paraíso cuando conocieron la verdad. Mi madre, creo, habría estado de acuerdo con esa explicación, pero Donald de ninguna manera. En su opinión, acepto a la ligera alegorías bíblicas y las reinterpreto –es el término que empleó– con más ligereza si cabe, puesto que Adán y Eva no fueron forzados a marcharse del Paraíso por descubrir la verdad, sino debido a su desobediencia. Hasta allí habíamos llegado los dos: en el restaurante de la isla fluvial, tomando café y cerveza, discutíamos acerca del significado de los textos sagrados, sobre los que, la verdad sea dicha, ninguno sabía gran cosa. A mi madre nunca se le habría ocurrido algo semejante. Ella nunca hablaba, a diferencia de la mayoría de la gente que he conocido, de lo que no sabía, pero yo, obviamente, no he aprendido a hacerlo. Lo que sí sabía, bien sea cómo preparar un plato o aplicar los remedios caseros, podía defenderlo hasta la última gota de su sangre, pero cuando algo se le escapaba, lo decía lo suficientemente alto como para que se enterara todo el mundo. No podía, por ejemplo, comprender que alguien estuviera dispuesto a morir por sus sueños o ideales, pero respetaba la muerte de aquellos que no estaban dispuestos a contradecir lo que habían visto con sus propios ojos. El mundo era un hecho o no lo era, otra cosa no se podía inventar. En consecuencia, no creía en los ángeles, los diablos, los gnomos o las brujas. Me imagino que tampoco creía en Dios, aunque nunca lo dijo. Decía otra cosa: que después de lo que la vida le había deparado, después de, y ésas son sus palabras, pasarlas moradas, podía creer únicamente en sus dos manos. Incluso cuando decía que temía a Dios un poco, en seguida añadía que el poder no le causaba ningún miedo. Tampoco en eso he seguido su ejemplo. A mí, como a mi padre, me asusta cada encuentro con la policía, los aduaneros o los funcionarios de Hacienda. Noto claramente cómo en cada una de esas ocasiones se me aflojan las piernas y cómo, incluso siendo más alto que esa gente, los miro desde abajo. Mi madre podía ir a ver al alcalde y dar un puñetazo en su mesa, para ella eso no era nada; nosotros lo veíamos como un gesto de dimensiones míticas. A pesar de que nunca se enfurecía, todos en casa temíamos su enfado, lo que ahora puedo interpretar sólo como una muestra de respeto por nuestra parte, dado que ella nunca nos levantó la voz ni a mi hermana ni a mí. No sé de dónde salía nuestro temor, pues ella era la persona a la que se acercaban los animales, perro o gato en casa, buey o cabra en el campo, incluso los gorriones comían de su mano, como comprobé infinidad de veces. Y no hablo de la gente. Bastaba que se sentara y esperara, no tenía que buscar a nadie, siempre la encontraban en seguida. Ese arte tampoco lo domino, porque yo siempre he sido el que ha tenido que acercarse a la gente, abrir los brazos o callar, a la espera de que me reconocieran. Justamente de eso quería hablar con Donald. Del hecho de que nunca sabemos suficientemente sobre aquellos que nos son más cercanos, y de que siempre recorremos grandes distancias buscando a los maestros sin dirigir la mirada hacia los que están tan cerca de nosotros como nuestra sombra. Donald sin duda diría que al maestro siempre lo relacionamos con la luz, pero ahora, apretado en esta casita canadiense, yo sé que el auténtico saber se puede alcanzar también cuando no hay luz alguna. Si nos podemos fiar de los textos sagrados, Dios creó el día, pero también la noche, y nunca dijo que uno fuera mejor que la otra. Se lo podría comentar a Donald, pero entonces entraríamos en una discusión sobre temas en los que no estamos suficientemente versados. Ni él es un cristiano ejemplar, ni yo un judío modélico. Ambos, en realidad, flotamos en la superficie de la vida, por mucho que pretendamos continuamente vivir la vida en su fecunda plenitud. Si hubiera sabido aprovechar las enseñanzas de mi madre, sabría ahora que dicha plenitud se consigue viviendo simplemente la vida, y no me dedicaría a pasarla por la criba como si fuera harina agorgojada, a toquetearla como un niño desganado con su plato de comida, que se entretiene en deshilachar los filamentos de la pechuga de pollo. Ahora, claro, ya es tarde. Estoy en una casa en las afueras de la ciudad, en el país que, como el mío hace tiempo, no encuentra el modo de dar sentido a su existencia más que confirmando constantemente su sinsentido, esperando la hora de su propio derrumbamiento. También me veo alejadísimo de todo lo que era antes, de lo que pude haber sido. Ese caos de los tiempos gramaticales también confirma en qué medida me encuentro fuera de la vida, en la que no existe más que el tiempo presente y no hay gramática. Me entran ganas de decírselo al magnetofón, como respuesta a su constante chirrido. Su voz rota es la única auténtica voz en esta habitación: la de mi madre es un engaño, el conjunto de grabaciones magnéticas, la mía no existe, mi voz es muda, yo me he quedado sin palabras hace ya tiempo. De vez en cuando levanto la taza y tomo un sorbo de café frío, a veces me pongo de pie, doy dos o tres pasos, incluso me estiro, y eso es todo. También en la calle, en autobús o, lo más frecuente, en algún centro comercial, cuando doy con algún inmigrante ruidoso de mi antiguo país, cuando me invaden la dulzura del dialecto bosnio, las sílabas alargadas de Voivodina o cualquiera de las formas miméticas de mi idioma, no pronuncio ni una palabra, me quedo callado, a veces les sigo, aunque suelen ser el marido y la mujer con sus dos hijos, vestidos, si es invierno, demasiado para los centros comerciales e insuficientemente para la temperatura exterior, malhumorados, si es verano, a causa del calor seco que reina fuera, y atemorizados por la frescura producida por los aparatos de aire acondicionado, y los sigo así, voy de una tienda a otra, sin interesarme por lo que están hablando, ya que por norma se trata de los gritos de amenaza dirigidos a los hijos o de los comentarios maliciosos sobre la calidad de la mercancía de aquí, pero deseo hundirme en ese mar de sonidos, el único donde de veras puedo sentirme cómodo. Ninguna de sus palabras me alcanza, y sin embargo, cada uno de sus sonidos también es mío, y los sigo, cambio la forma de mis labios, siempre callado, muevo la lengua, preparo el ronroneo de mis cuerdas vocales, acomodo la resonancia de mi cavidad bucal. En una ocasión, cuando me acerqué a un matrimonio que, a juzgar por su acento provenía de Serbia central, me vi reflejado en el espejo lateral del escaparate. De no haberme reconocido y de no haber sabido qué era lo que pretendía hacer con las mejillas hinchadas, los labios fruncidos y la barbilla alzada, hubiese creído que tenía delante un auténtico perturbado. Entonces mi mirada se cruzó con la de la mujer, y por un instante pensé que iba a reconocer en mí a un desconocido más cercano que las demás personas en el centro comercial, por lo que abrí los ojos aún más, pero ella sólo le dio un codazo a su marido, o al menos supongo que lo era, quien apartó a regañadientes la vista de unos patines negros, o eran tal vez botas, y clavó la mirada en el reflejo de mi rostro. Así nos quedamos, alineados frente al escaparate, casi tocándonos, y nos mirábamos y existíamos sólo como reflejos de otro mundo. Ni siquiera intentaron verme de verdad. Vi cómo los labios del marido se movieron y cómo murmuró algo a su mujer al oído, luego la cogió del brazo y se marcharon. Cuando me volví, ya no estaban. Si entonces no grité en mi idioma, ya nunca más diré ni una sola palabra en él, le dije a Donald. Así soy yo, dije, vacilo, titubeo, pero cuando me decido, nada puede hacerme cambiar de opinión. De la misma forma me marché de Yugoslavia, de la misma forma llegué a Canadá, y si estoy aquí, pues con toda seguridad no puedo estar allí. En un idioma puedes morir como en la vida real, le dije, y si estoy muerto, ya está, no tengo ni la menor intención de ser un vampiro o un fantasma ni de pasear por los espacios de ese idioma como un ser inconsolable salido de los cuentos de Edgar Allan Poe. En aquellos momentos pensé inmediatamente en mi madre, y en su voz que, recogida en las antiguas cintas magnetofónicas, había traído a Canadá en la maleta grande, protegidas por las mangas de mi chaqueta. Las cintas fueron los únicos objetos inútiles que llevé conmigo a Canadá, todo lo demás, en esa maleta, tenía un objetivo muy concreto que cumplir, nada sobraba o era una baratija sin uso, si no cuento los libros, aunque de los cuatro, es decir aparte de los dos diccionarios y una guía ilustrada de las Montañas Rocosas, sólo la Biblia, en la traducción de Ɖuro Daničić y Vuk Karadić, podría figurar en la misma categoría con las cintas. Tengo que añadir también una minúscula campanilla budista, regalo de un amigo que probablemente todavía sigue metido en algún lugar de India, con un sonido tan meloso que basta con tocarla para despejar los pensamientos taciturnos, e incluso quitar el cansancio. En realidad, no llevé esa campanilla dentro del traje en la maleta sino en el bolsillo, sin dudar en ningún momento de su utilidad. Durante mi viaje a Canadá, cada vez que pasaba por los puntos de control para cambiar de avión, no olvidaba sacar la campanilla y los demás objetos del bolsillo para dejarlos en las bandejas metálicas variopintas y siempre algún aduanero o policía cogía su lazadilla entre el pulgar y el índice para probarla. Entonces su sonido se desplegaba por los pasillos del aeropuerto, los empleados y los pasajeros empezaban a sonreír, alguien en seguida decía qué campanilla tan maravillosa, el otro preguntaba sobre su procedencia, el tercero se disponía a contar la historia de un sonido parecido que había oído en la orilla de un lago, y en poco tiempo todos hablaban al unísono pasándose mi campanilla de mano en mano, mientras yo me quedaba quieto diciéndome que estaba desaprovechando una oportunidad de pasar lo que fuera de manera fraudulenta, cien gramos de hachís, por ejemplo, o algún producto agrícola prohibido, nada en especial; justo para demostrarme a mí mismo que podía superar mi pánico a las personas uniformadas. Pero cuando al final me devolvían la campanilla, ya me resbalaban por la frente gotitas de sudor, como si en el bolsillo tuviera de verdad algún narcótico o un lote de fotos para pedófilos o un insecto capaz de destruir la cosecha anual de patatas, así que mi alivio, cuando el aduanero o el policía me indicaba que pasara, era real y mi sentimiento de liberación fuera de lo normal. Así salí del último aeródromo, con la maleta y el bolso en las manos, y cogí un taxi para ir a la ciudad con la impresión de que, si lo deseaba, nunca más tendría que hablar en mi idioma. No sé por qué me lancé sobre el idioma, pude haber escogido otra cosa: los platos nacionales o la prensa belgradiense, por ejemplo, o todo lo que podía abandonar con facilidad, y sin embargo, al entrar en el taxi, y al dictar al taxista la dirección del hotel en otro idioma, pensé que nunca más hablaría el mío. El taxista era hindú, y quién sabe, si se lo hubiera comentado, a lo mejor me habría comprendido. Donald no lo comprendió. Según él, se trataba de una manera espléndida de agilizar el proceso de integración, de facilitar al individuo que se sintiera como pez en el agua, aunque, subrayó, eso no quería decir, por supuesto, que uno fuera a encontrar en seguida un hueco en su nuevo cardumen. A veces pienso que Donald ve en mí el reflejo del europeo al que, teniendo en cuenta su mala adaptación a los criterios norteamericanos, hay que repetir las cosas tres veces: descriptiva, directa y metafóricamente, el orden no importa. En eso justamente consisten nuestras conversaciones, estemos donde estemos, y mientras yo intento dejar claro que la renuncia al idioma natal representa una de las formas más rápidas de muerte, él me habla de las ventajas del modo de vida de aquí, de la comida sana y del espíritu deportivo, del espacio que iguala a todos porque les da lo que quieren coger. Supongo que Donald cree que los europeos ven así a América y Canadá, como un espacio abierto cuya belleza abruma a cualquiera que se entrega a él. Si tuviera más amigos, le habría abandonado hace ya mucho tiempo, de la rabia que me dan a veces sus comentarios. Le dije en una ocasión que su actitud me enfadaba, pero él sólo me devolvió una sonrisa y replicó que el enfado era una característica típica de un europeo, mal acostumbrado a oír la verdad, es decir, mal acostumbrado al hecho de que aquí todo el mundo disponga incondicionalmente de la libertad de decir lo que le dé la gana. Después de lo que pasó en mi antiguo país, le dije, aprendí a temer esa libertad, pues para su disfrute habría que limitarla en algún punto, porque al quedarse sin límites, ya no resulta ser libertad, sino una discusión sin fin sobre qué es la libertad, lo que tiene como consecuencia el debilitamiento del individuo y de su moral, de cuya supervivencia depende la existencia de la propia libertad. Donald dijo, igual que unas cuantas veces antes, que yo estaba chiflado, pero que él lo entendía como una secuela por haber vivido en condiciones en las que la libertad era una categoría inalcanzable y en las que la vida misma era una especie de sueño, fantasma o pesadilla nocturna. La vida de tu madre, dijo, siempre fue así, ¿a que sí? No sabía qué decirle. Tampoco sabía qué decirle a ella. «Pensaba», digo finalmente y me oigo coger una gran bocanada de aire, «pensaba que íbamos a hablar de otras cosas». Mi madre no ocultaba su sorpresa, incluso dio un ligero golpe en la mesa con la palma de la mano. «¿Y qué hacíamos hasta ahora?» Volví la cabeza hacia la ventana y dije: «No me has entendido, no me has entendido en absoluto.» No puedo seguir escuchándolo. Primero paro la cinta, luego aprieto el botón para rebobinarla rápidamente. Estoy más que seguro que hasta el final conversamos sobre lo que significaba la comprensión y si se podía comprender al otro, dada la imperfección del idioma como transmisor de nuestras imágenes y nuestros significados. Claro, la parte sobre el idioma era mía, y ocupaba, también lo sé con toda seguridad, la mayor parte del resto de la cinta. Empecé a atosigar a mi madre con distintas interpretaciones del silencio y de lo inadecuado que era el idioma, incluso me fui un momento a otra habitación para buscar un libro, pues los pasos y el crujido del parqué se oyen nítidamente, a pesar del ruido de las correas desgastadas, y cuando volví, ella, sin levantar la mirada, dijo que la vida, si pudiera ser contada con palabras, no merecería la pena, bastaría con decirla. Debí callar en aquel momento, pero no me contuve. De repente me volví defensor de la fuerza de las palabras, las alzaba hasta el cielo, recordaba las obras que habían transformado la humanidad, a los escritores que habían cambiado el espíritu de sus pueblos, los poemas que resumían su tiempo y lugar, me ahogaba en mis propias frases, en el discurso cuyo único propósito, y no tengo que escuchar la cinta de nuevo para oírlo, era herir, dejar huella y, por mucho que lo aborreciera, humillar. Al tiempo que la cinta de magnetofón seguía girando despacio y el agua temblaba en el vaso apoyado en un platito, ya me imaginaba planeando sobre mi madre como una inteligencia superior, como un ser sobrenatural por encima de una miserable criatura terrestre a la que incluso la crepitación de las consonantes en mis labios habría producido el efecto de una lluvia de estrellas. No recuerdo por qué me comporté de ese modo; la vergüenza que siento ahora es la misma que sentí aquella misma noche y que la mañana siguiente me resultó casi insoportable; durante muchos días no me atreví a mirarla a los ojos. Supongo que quise expresar mi triunfo sobre la vida cuya plenitud, como pensaba entonces, se componía de huecos, ausencias, incesantes intentos de mantener juntas las partes separadas, mientras, al contrario, mi vida sería, y ya lo era, la expresión de una abundancia, de un conjunto de presencias, una constante elevación, el espíritu puro. De lo que en realidad me di cuenta aquella noche fue de otra cosa: había tomado conciencia de lo fácil que nos resulta franquear en nuestro interior cualquier límite, transformar el amor en odio y la aceptación sosegada en violenta indignación. Lo que sentía no era triunfo, sino miedo, miedo ante la posibilidad de que la vida no resultara más que una brizna inmersa en la vorágine de la historia y que, por mucho que lo intentara, no podría hacer nada para remediarlo. En aquella época, dieciséis años atrás, vivía en una época y una sociedad para las cuales la historia era un manual, una colección de letras muertas y fotos retocadas, y el presente sólo un peldaño inevitable hacia un radiante porvenir. Es fácil ser listo ahora, pero mentiría si dijese que no se me había pegado lo de creer en un futuro brillante. Igual que los demás, reconocía los decorados ante los cuales el sistema presentaba su espectáculo, pero eso no afectaba a mi sentimiento de esperanza y, como se decía entonces, a mi optimismo vital. En resumen, cuando todavía creía que el individuo era libre de construir su propio mundo, lo que mi madre me había contado confirmaba que, al contrario, vivíamos en un mundo en el que, fuera cual fuese su sistema político, cualquier forma de libertad era prácticamente inalcanzable, y en el que, como en las tragedias griegas, el individuo servía a los dioses y a las fuerzas sobrenaturales a pasar o, para usar el término quizá más exacto, a matar el tiempo. Me estaba abalanzando sobre mi madre como si ella fuera la única culpable, y no me atrevía, ahora lo veo claramente, a enfrentarme conmigo mismo. Siempre resulta más fácil crear una nueva mentira que aceptar una nueva verdad. Quito la cinta del magnetofón, la pongo en su estuche, me levanto y enciendo la luz. Puedo quedarme en la oscuridad, y de hecho, a menudo me quedo sentado sin luz mirando la calle iluminada por la que no pasa nadie. Dime con quién andas y te diré quién eres, diría mi madre, pero por mucho que me esfuerce, no consigo verme como uno de los participantes en esta vida tan solitaria. De eso se trata, dijo Donald cuando hablábamos de ese tema o de algo parecido, en el restaurante de la vasta isla fluvial. Una vez que has bebido la sangre de un lugar, dijo, ya te es difícil acostumbrarte a otra bebida o a otro lugar. De no haber tomado cerveza, habría pedido un vaso de agua para intentar quitarme de la boca el sabor de sus palabras. Por eso tomé un trago de cerveza y luego incliné el vaso y bebí el resto. No hay manera de describir la lentitud con la que lo hice. Durante ese tiempo me aparté varias veces mentalmente de Donald y otras tantas, más rápido incluso, regresé a él. Me estoy agarrando a Donald como un borracho a una farola, diría mi madre. Y tendría razón, sólo que no estoy borracho, ni mareado, simplemente confuso, asombrado por la vertiginosa rapidez con la que el suelo se me va bajo las plantas, pise donde pise. La mayoría de las veces no tengo la impresión de estar de pie, sino de deslizarme, y las rodillas me flaquean de verdad. Al principio Donald creía que me faltaban vitaminas, luego consideraba que el aire en la casa donde vivo era demasiado seco, y al final quería llevarme a nadar y a dar largos paseos por los montes y las colinas de alrededor. Un encuentro con el oso, decía, te cambiaría la vida por completo. Tienes que ir a la naturaleza, me dijo, para entrar en ti mismo, tienes que cambiar radicalmente, darte la vuelta como un calcetín del que quisieras arrancar las bolitas que se forman. Donald es escritor y le gustan las imágenes de este tipo; para él son precisamente las imágenes sencillas, cotidianas, las que describen mejor los logros y los fallos del espíritu. Jamás he alcanzado semejante grado de confianza en mis poemas. Un verso era para mí una barra de hierro, tenía que ser denso y pesado, capaz, llegado el caso, de elevar o rebajar. A algunos la simplicidad les tranquiliza y a otros les perturba, esa es la cuestión. No sé si lo puedo relacionar con mi madre, pero si la comparo con mi padre, entonces él, como tal vez todos los padres, puede parecer irremediablemente complicado, siempre alejado al máximo del mejor camino, y ella, en cambio, atraviesa un laberinto como un cuchillo traspasa una col, sin resistencia alguna, hasta el mismo corazón. Al fin y al cabo todo se reduce al corazón, todo lleva a él, tanto el laberinto como la línea recta, o la espiral, o el círculo, todo está contenido en la misma espera del latido siguiente, hasta que ya no lo hay y cuando, para ser sincero, eso ya no nos resulta importante. Eso lo puedo decir ahora, pero al morir mi padre, y luego mi madre, no pude evitar una impresión de derrumbamiento, no pude evitar una sensación de pérdida, no pude evitar nada, ni siquiera las palabras que se repetían en mí e intentaban decirme que no había por qué darle demasiada importancia. Por supuesto, marcharse siempre es una muerte lenta, pero mientras hacía las maletas, cada cosa que cogía me hablaba de la vida. Y todas eran nuevas, camisas, camisetas, calzoncillos, pantalones, los zapatos de deporte que me había comprado el último día, nada debía despertarme recuerdos, tener otro sentido, o ser lo que no era. Y entonces, cuando la chaqueta ya estaba en la maleta, me fui hasta el armario, lo abrí y cogí las cintas. Donald, cuando le comenté todo esto, podría al menos haber dicho que con ellas había traído una huella de la vida de antaño, pero él en seguida mencionó la muerte, se apoyó con las dos manos encima de la mesa y en voz alta, bastante alta, dijo que precisamente ése era mi problema, y no sólo el mío, sino el de todos los que vienen y que, llevando consigo lo que debían haber dejado atrás, sólo logran estancarse en lugar de avanzar. Varias cabezas se volvieron hacia nosotros. Estábamos sentados en el restaurante de la isla fluvial, y mientras él me miraba con el ceño fruncido, me parecía que en efecto la vida se me estaba escurriendo lentamente, gota a gota. Si hubiese tenido suficiente valor para dejar de mirarle y echar un vistazo debajo de mi silla, seguro que hubiese visto un charquito. En aquel entonces todavía no lo conocía bien y, atemorizado por la posibilidad de perderle, no me atrevía a contradecirle en nada. Puedo imaginarme a mi madre meneando la cabeza con desprecio ante semejante actitud. Para ella, la amistad siempre era un toma y daca, y si uno impone condiciones, decía empleando el refrán, entonces su amistad ya la puedes colgar en la cola de un gato. Nunca tuvimos gatos ni gatas, nuestro animal doméstico era el perro, y entre los perros que teníamos, ninguno tenía la cola lo bastante larga. En eso pienso al sacar la cuarta cinta. Si no consigo recordar ni una sola cola, me digo, el lenguaje perderá para siempre toda relación con la realidad, será tan sólo lo que ha sido probablemente el caso desde siempre, una ilusión de realidad, la imagen de lo que podría parecer el mundo y no de lo que realmente es. Seguro que semejante conclusión le provocaría risas a Donald. Él encontraría en ella, estoy convencido, una confirmación más de las diferencias abismales entre nosotros. Vosotros, los europeos, diría, seguís pensando que el mundo no se ha descubierto todavía, que existe como en los cuentos, detrás de siete montañas y siete mares, y que se alcanza sólo después de superar las numerosas tentaciones, manzanas envenenadas, fieras con nueve cabezas y cíclopes. Os sentáis y miráis la telaraña pero no veis la araña que la tejió. Es exactamente lo que dijo una vez cuando acabábamos de bajar juntos al servicio después de la quinta o sexta cerveza. Incluso me obligó a cerrar los ojos y olfatear el aire, intentando así convencerme de que allí, aparte del servicio y la orina que resbalaba por la pared curva del urinario, no había nada más. Mientras sacudía las últimas gotas, pero ahora con los ojos abiertos, le repliqué que había gente, en India y en otras partes, que se bebía su orina, convencida de que así podía prolongar su vida, lo que demostraba, le dije, que la realidad para ellos no se determina en el olor y las excreciones, sino que empezaba con ellos. Si algo existe detrás de este servicio, replicó Donald abrochándose los pantalones, o debajo de él, es la canalización o, tal vez, una fosa séptica y sólo eso, nada más; no hay mundos subterráneos, ni infiernos, ni ríos negros por los que espantosos barqueros obligan a cruzar a las almas de los muertos. No hice ningún comentario. Quizá pueda explicarlo de otra forma, dijo. Por ejemplo, si alguien desea escribir un libro sobre su madre, ha de escribir sobre ella, y si le da por escribir sobre el amor, escribirá sobre el amor, no se puede describir un globo y pretender que se trate de Marte. Parpadeaba fijándose en mí con sus ojos menudos. De haber podido dibujarme en aquel instante un globo y Marte, de haber tenido un trozo de papel y lápiz, seguro que lo habría hecho. De haber tenido un poco más de papel, tal vez me habría escrito incluso un libro entero, y si yo no hubiese dado media vuelta y salido, tal vez estaríamos todavía en aquel servicio, mientras por encima de nuestras cabezas resonarían los pasos de las alegres camareras. Más tarde, especialmente cuando estábamos sentados ante el mapa de la antigua Yugoslavia y mi dedo índice se convertía en itinerario, pensé en varios momentos que tal vez era eso justamente lo que yo intentaba hacer, es decir que trataba de forzar a Donald a escribir lo que le estaba contando. Si lo lograba, pensé, si le convencía para que escribiera mi historia como si fuera suya, me aliviaría de la mayor de las cargas y quedaría libre. La libertad está en nuestra cabeza, decía mi madre, y los hierros consiguen encadenar sólo lo que permitimos que se encadene. Pronunció esta frase en la misma habitación, bajo la misma antigua lámpara de techo, desde el mismo sitio en el que estaba durante la grabación de nuestras cintas, pero diez años antes. No la repitió cuando de verdad grabamos la historia de su vida, aunque yo lo deseaba, dado que en una de las hojas de papel, al lado de las numerosas estrellas judías y los triángulos de todo tipo, también escribí la palabra «libertad» y le añadí signos de interrogación. Después, a medida que transcurría el tiempo y las cintas iban llenándose con otras palabras y silencios, la había ido tachando poco a poco, letra a letra, hasta que de ella no quedó nada. Donald, qué duda cabe, aplaudiría si se lo contara, pero ¿por qué tengo que contárselo todo? Ser listo a toro pasado es de lo más fácil, decía mi madre, y eso se mostró tan terriblemente cierto y en toda su plenitud cuando empezó la guerra civil. De repente todos sabían lo que había sido el verdadero sentido del pasado, y sin embargo, nadie se daba cuenta de que ya no se hablaba del futuro, ni siquiera del presente, de que no se trataba de revivir psicoanalíticamente ciertos acontecimientos para poder constatar su auténtico sentido, sino que el pasado, la vida en el pasado, era propuesta como sucedáneo de la vida en el presente, y considerada la única vida real, es decir, que a la vida real se le pedía que fuese un constante estancamiento, un perpetuo desarrollo del pasado que se basta a sí mismo. Cuando ponía en marcha el televisor o la radio, cada vez que abría los periódicos y ojeaba las revistas, siempre podía oír o ver a alguien tratando de convencerme de que los acontecimientos del pasado eran más importantes que cualquier otra realidad a mi alrededor, y de que, si no aceptaba esa enseñanza *a posteriori,* mi elección resultaría una vida en el vacío. Como si ya no viviéramos dentro de un vacío, le dije a mi madre cuando estábamos sentados delante del televisor, y cuando la muerte ya se le acercaba a grandes pasos, por lo que de su respuesta no quedó nada en mis recuerdos. Se mantenía en silencio, meneando la cabeza de derecha a izquierda en señal de desaprobación. No vas a dejar de hablarme ahora, le dije, pero aun cuando hubiese podido o querido hablar, su voz se habría visto tapada por las rimbombantes frases de los presentadores, compuestas de aquellas palabras siempre idénticas que leían en sus nutridos fajos de folios de varios colores. Por la mañana y por la tarde preparaba a mi madre infusiones de distintas hierbas, a mediodía le hacía un poco de arroz y verduras, a veces añadía pan tostado. Cuando se estaba muriendo mi padre, no podíamos parar el torrente de su discurso. Él, siempre tan callado, se ahogaba con las palabras que no llegaba a pronunciar, y ahora mi madre, que pasaba con naturalidad de la palabra al canto, se sentaba silenciosa, apretando los labios y las manos, sellados como un documento bien guardado. Incluso ahora, cuando estoy poniendo la última cinta en el magnetofón, puedo verla, con su falda negra y la blusa azul oscura, sus ojos casi completamente cubiertos por una capa blanquecina, perdida en el sillón que antaño desaparecía ante la presencia de su cuerpo. «Mira estas manos», dijo prácticamente en el mismo instante en el que apreté el botón del magnetofón, como si ya no pudiese esperar más para empezar a hablar. Durante días evité encontrarla en el salón o la cocina, acosado por la vergüenza que sentía desde que terminamos la cinta anterior. El espacio de nuestro piso nunca me había parecido tan pequeño y nunca anduve en él bajo la presión de una carga tan grande, como si llevara a la espalda a mi difunto padre y en el pecho a mi madre acurrucada y vestida de negro. Un día se paró en el umbral de la puerta de mi habitación. En la mano llevaba un vaso de agua. Hice como que no la veía, fingí un repentino interés por los libros del estante más alto de la biblioteca. Ella dio media vuelta, se acercó a la mesa del cuarto de estar, dejó el vaso sobre el mantel de punto blanco almidonado y se sentó en la silla donde solía sentarse durante las grabaciones. Sabía esperar, y yo tenía que decidirme. Me agaché y saqué el magnetofón de debajo del armario. Cogí una cinta nueva, esta misma cintita que ahora está girando, aunque tan sólo un momento antes había pensado continuar grabando nuestra conversación en la otra cara de la que ya habíamos usado. No sé por qué hablamos de la otra cara de la cinta, ya que el magnetofón siempre graba por la misma cara, pero en sentido inverso. Para Donald, supongo, eso confirmaría una vez más la imprecisión del idioma, y sería otra muestra de la ligereza y el descuido con que empleamos las palabras. Mi madre empezó a hablar justo cuando terminé de montar los cables y el micrófono y de apretar los botones de grabar. «Mira estas manos», dijo y me mostró sus palmas. Las miré. «No puedo creer», dijo, «que antaño os llevara a todos en ellas. Ni siquiera puedo creer que haya llevado algo en ellas». El ruido estridente que superó el chirrido de los ejes y las correas se debía en parte al grito que se me escapó. A mi grito de protesta, claro está, ya que si a alguien en nuestra casa se le caían las cosas de las manos, ése era yo; a mí se me resbalaban los platos cuando los secaba y se caían al suelo de hormigón de la cocina, igual que cada vaso al borde de la mesa, lleno o vacío, atraía inexorablemente el codo de mi hermana, y los tenedores o las tazas de café se escurrían entre los dedos de mi padre. Él, a veces, era tan torpe que nos preguntábamos cómo conseguía llevar a buen fin las operaciones ginecológicas, coger a los bebés recién nacidos y dárselos a las comadronas. Mi madre era la que decía que después de todo lo que le había tocado aguantar, sólo podía creer en sus dos manos, lo aceptábamos como una verdad inamovible, creyendo en sus manos más que ella misma. Las cataplasmas que preparaba mezclando vinagre y ajo conseguían sacar todas las fiebres de nuestros cuerpos sólo porque al mismo tiempo sus manos nos tocaban en la frente y las mejillas. Cuando nosotros hacíamos cataplasmas con la misma mezcla, siempre, para asegurarnos, tomábamos alguna aspirina adicional. Y ahora ella abría estas manos como para mostrarlas al micrófono, como si éste fuera una cámara de rodar capaz de verlas. «Mira estos dedos», dijo mi madre, «mira cómo se tuercen, cómo se hinchan las articulaciones. Mira estas palmas. Toca para ver lo dura que está la piel». Se inclinó hacia la mesa, que crujió, la cinta magnetofónica lo había grabado nítidamente, y me ofreció su palma izquierda. Yo vacilé; era la primera vez después de la muerte de mi padre que algo se me acercó tanto; luego la toqué con las puntas de los dedos.

«No me atrevería a ponértelas en la cara», dijo, «pensarías que es una lija». Yo no hice ningún comentario; me oigo guardar silencio. Ella se arrellanó de nuevo en la silla. «Ésa es la historia de mi vida», dijo, «los dedos engarabitados y la palma áspera». Temí que también ella se callara. «Los hay que ni siquiera pueden decir eso de su vida», le dije. Mi madre, igual que un ilusionista, sacó el pañuelo de la manga. «Mi primer marido siempre decía que la vida se mide por lo que hemos hecho por los demás.» Se tocó los ojos con el pañuelo, se secó las comisuras de los labios, y luego volvió a metérselo en la manga. «¿Piensas que no le creí?» No esperó mi respuesta. «Claro que sí, ¿cómo iba a ser de otro modo? Cuando le conocí, todavía no había empezado a contar los años, tan joven era. Probablemente por eso estaba tan "organizado", como se decía antes, por esa creencia de que había que trabajar por los demás para trabajar para uno mismo. Nunca le pregunté de qué clase de organización se trataba. Cuando llegaba el turno de tener una reunión en nuestro piso, yo cogía la mano de mi hijo mayor y salía de la casa. A veces iba al parque, esperando que pasaran las dos horas. Al cabo de dos horas ya podía volver a casa. Las habitaciones olían a tabaco, los platos sucios estaban amontonados sin orden en el fregadero, los libros y los papeles estaban esparcidos por la mesa y las sillas. Los chicos gritaban y corrían por el piso, el mayor abría las ventanas y la puerta de la terraza, pero no tocaban nada. A los chicos, de pequeños, les puedes enseñar todo, sólo que tienes que hablarles constantemente, y explicarles cómo se hacen las cosas. Los chicos aprenden escuchando, las chicas mirando, y eso se les queda para toda la vida. Mi primer marido, sin embargo, no escuchaba. Yo miraba y hablaba, pero él no quería parar, no quería escucharme. Quien no se preocupa de sí mismo, le decía, tampoco se preocupa de los demás. Él sonreía diciendo que mi madre sonaba como un viejo judío sabio. Cuando se dio cuenta de lo equivocado que estaba, ya era tarde. Ninguno de aquellos a los que él creía haber ayudado le pudo ayudar, y los que sí podían, no quisieron. La vida se vuelve terriblemente sencilla en ciertos momentos, tan sencilla que siempre me preguntaba para qué tantas peripecias, para qué tantas precauciones y titubeos, para qué los apuros, si la caída resulta tan fácil, tan directa, libre de cualquier incertidumbre. Dos veces se lo llevaron: la primera en Zagreb, al trabajo obligatorio, la segunda en Belgrado, al campo de concentración. Ambas veces me dio la mano, no me abrazó. La mano suya se escurrió de la mía, y si lo hubiese querido, tampoco habría podido retenerla. Más tarde, en una hoja ajada de papel cuadriculado, me escribió que había empezado a soñar con los ojos abiertos. Cada sueño es igual, eran sus palabras, en cada uno de ellos tú abres la puerta y yo entro. Esa puerta, lo sabía, jamás se iba a abrir. Cuando la vida empieza a deslizarse por la cuesta, nada puede pararla. Cuando las cosas empiezan a caer, tienen que romperse.» Calló, levantó el vaso y tomó un sorbito de agua; se oía perfectamente cómo el fondo del vaso golpeaba la superficie de la mesa. Yo no sabía de qué me estaba hablando; en realidad, creía que no existía ninguna carta, hasta que unos cuantos días después del entierro, las encontré en su viejo bolso de la preguerra, que había escondido en el armario, detrás de las sábanas y las fundas para el edredón y las almohadas. Había seis, o más bien cinco cartas y un mensaje corto, escrito todo en alfabeto latino, a lápiz, la mayoría de las veces en papel cuadriculado, salvo una, escrita en papel de raya ancha arrancado segurante de un cuaderno escolar. El mensaje llevaba la fecha escrita en el rincón inferior izquierdo, y era del 23 de octubre de 1941, según parece justo antes de que el primer marido de mi madre fuese llevado al campo de concentración. La primera carta era del 26 de octubre y la última, la de la hoja del cuaderno, era del 14 de noviembre. En todas, al lado de la fecha, está escrito «en el campo de concentración». Eran todas una mezcla de consejos prácticos anotados deprisa, muestras de sentimientos profundos y trágicos, y una gradual comprensión del desarrollo de su propio destino. Los consejos señalan lo que hay que vender y a quién, a quién pedir o devolver el dinero, y qué hacer para obtener su liberación. El amor emana de cada una de esas páginas dobladas varias veces, y sólo en algunos lugares se vislumbra la rabia por la impotencia, expresada en unas delicadas recriminaciones o en un sarcástico suspiro, completamente comprensible, diría yo, para la situación en la que el hombre se encontraba. Ningún razonamiento puede ayudar al respecto: el evidente horror en su alma resulta imposible de describir, igual que no se puede describir el horror que me invadió mientras leía esas cartas, sabiendo lo que ocurrió cuando las palabras se detuvieron. No recuerdo por qué en aquellos momentos no volví a escuchar las cintas con las confidencias de mi madre. Tal vez por culpa del desasosiego motivado por la escalada de la guerra en Bosnia. Tras la muerte de mi padre, durante meses no nos atrevimos a tocar sus cosas; cuando murió mi madre, me libré de todo en dos tardes, el cuarto y el quinto día tras el entierro. Esa prisa también se puede explicar por la guerra. Una multitud de muertos llenaba ya las páginas de los periódicos y las pantallas de televisión, y yo quería escapar lo más rápidamente posible de todo lo que pudiera hacerme pensar en la muerte. Más concretamente, quería dejar de tener que escapar de todo lo que pudiera recordarme la muerte, la identificación con la muerte, la evidencia del carácter irrisorio de la vida humana, pero al cerrar los ojos, oía la voz del locutor de la radio, al taparme los oídos, mi mirada se posaba en las últimas noticias de los periódicos, y si conciliaba el sueño, solía soñar con interminables columnas de gente en harapos desapareciendo tras la cresta de una montaña. ¿Cuánto tiempo se puede soportar sin abrir los ojos y la boca? ¿Durante cuánto tiempo se puede soñar? Tarde o temprano toda solución llega a su punto de saturación, y la muerte se sedimentaba en mí como el azúcar en el agua ya demasiado dulce, e igual que el azúcar en el fondo del vaso, la muerte se me acumulaba en los pies. Por la noche no dejaba de fijarme en mis pies hinchados; durante el día temía no poder volver a moverme nunca. Resulta extraño, le dije a Donald, pero cuando murió mi padre tenía la impresión de que podía volar, como si la vida fuera un trampolín desde el que impulsarme a los aires, liberado de la ley de la gravedad; luego, a la muerte de mi madre, descubrí lo dura que era la tierra bajo mis pies, andaba como si fuera el primer hombre atravesando los paisajes del mundo; y sin embargo, la muerte me estaba tragando como una serpiente engulle a un ratón, me absorbía como las arenas movedizas. Donald asintió con la cabeza y anotó algo en su cuadernillo, me miró con esos ojos suyos en los que nunca habría confiado de haber estado en otro lugar. Sentados en el restaurante de la isla fluvial, en el corazón de la ciudad, nos inclinábamos sobre el mapa. Nuestras frentes a veces se rozaban, especialmente cuando intentábamos leer los nombres de pequeñas localidades, ríos minúsculos y montañas apiñadas. Algunas veces mi dedo iba siguiendo las fronteras reales o imaginarias, otras la palma de Donald bajaba sobre el mar Adriático, o tapaba Macedonia. Me dijo que la forma de Croacia le parecía una quijada abierta, Serbia un grueso roedor de las praderas agazapado junto a su madriguera, mientras Bosnia le recordaba a un triángulo roto, o fallido, se corrigió, dibujado por una temblorosa mano infantil. Después de todo lo que le había contado, él interpretaba el mundo como un conjunto de manchas de Rorschach. «Después de todo lo que ocurrió», dijo mi madre, «me alegro de ser capaz todavía de levantar la mano hasta la boca. Cuando ya no pueda levantarla, cerraré los ojos y no los abriré nunca más. Tu padre solía decir que en el mundo no se entra, sólo se sale de él. Al principio creía que eso era la muestra de su fe perdida, pero luego acepté que era lo único en lo que se podía tener fe, que no existían llegadas sino únicamente partidas, una continua separación, como cuando quitas una a una las capas de una cebolla. A ti la cebolla no te gusta, pero créeme, el amor no lo es todo, igual que no es bueno sólo lo que huele bien. Yo antes cantaba bien pero ahora mi voz tiembla sólo con pensar en la canción, y no tengo que abrir la boca para comprobarlo. Todo es recuerdo y todo consiste en recordar, aunque siempre me digo que la vida no es más que lo que se vive de verdad. Ves, tu padre no sabía cantar, no tenía ni pizca de oído, pero se sabía todas las letras. Cantaba mentalmente, en silencio, y eso es lo que reconocí en él durante nuestro primer encuentro, después de la guerra. Reconocí en él la canción triste que sólo pueden entonar aquellos a quienes la guerra ha convertido en ruinas. Él nunca fue alto, pero cuando yo escuchaba esa callada canción suya, podía ver lo erguido que había caminado en el pasado, lo bien que había sabido caminar. Mi primer marido sí que fue alto, tenía que ponerme de puntillas para reclinar mi frente en su hombro, pero al lado de tu padre, sólo tenía que agacharme. Él sólo era vacío, igual que yo, y sabíamos que ya no teníamos tiempo suficiente para recuperar lo que ya no llevábamos dentro. Espero que nunca tengas que sentirlo, eso de volver a empezar desde el principio. Tengo que beber un poco más de agua». Hizo el gesto para alcanzar el vaso, pero cambió de idea. Nada de eso, naturalmente, puede oírse en la cinta, salvo el chirrido cada vez más insistente, como si el magnetofón de Donald, o más bien el de su padre, ya no aguantara más y amenazara con pararse. Si supiera escribir, podría hacer con todo esto quién sabe cuántas cosas, un auténtico escritor nunca dejaría escapar esa red de coincidencias, esa posibilidad de hacer converger en un punto los destinos más variopintos, de tejerlos y destejerlos, de encontrar en el destino de los seres y las cosas ese hilo unificador que mantiene la trenza entera, y debido al cual, si se tira de él por despiste, la trenza se deshace. Al fin Donald se hartó de mis quejas. Apartó los vasos de cerveza y las tazas de café al borde de la mesa y puso ambas manos en el mapa. Para un escritor, dijo, como para la naturaleza, no existe el modo condicional. Algo ocurre o no ocurre, dijo, no hay término medio. La vida, dijo, no es gramática. La lengua es una estructura que no existe en el mundo. Sus ojos nunca fueron tan grandes como en ese instante en que, en el restaurante de la isla fluvial, me miraba fijamente mientras las gotas de sudor le brotaban por encima del labio superior y las cejas. Si quieres un relato, me dijo, primero tienes que olvidarte del idioma, ¿está claro? Pregunté en qué idioma pensaba. En todos, dijo, en cualquiera, porque todos hablan de lo mismo, sólo con distintos sonidos. Me parecía que antes hablaba de otra manera, pero cuando quise oponerme, me detuvo con el dedo levantado. Entonces, dijo, haces esto, y con un movimiento rápido chafó el mapa de mi antiguo país como quien levanta un mantel húmedo. Estuve a punto de gritar, ya que, mientras él lo apretujaba, tenía la impresión de que lo que estaba machacando entre los dedos era mi propio corazón. No grité. Me quedé mirándolo, y si la mirada hubiese podido matar, él habría muerto en el acto. Pero el modo condicional no existe en la naturaleza, como bien dijo Donald, así que él seguía sentado a la mesa del restaurante de la isla fluvial haciendo un ovillo con mi mapa, y yo, en la silla de enfrente, intentaba poner orden en la confusión que me recorría el cuerpo. Y ahora, dijo Donald depositando el mísero ovillo en la mesa, ahora puedes escribir. ¿Sobre qué?, conseguí murmurar. Sobre cómo entre un mundo de papel y el mundo real, dijo, acabas de escoger el segundo. Sobre cómo, dijo, intentaste aferrarte a ese mundo de papel y cómo comprendiste que en él, salvo arrugas, grietas y algún que otro desgarrón, no había nada más. A medida que lo decía, desplegaba lentamente el mapa chafado y lo aplanaba con las palmas de las manos. De hecho, salvo las arrugas, las grietas y dos o tres desgarrones, ya nada se podía reconocer en él. E igual que yo había seguido con el índice las carreteras, las fronteras y los caudales, ahora él seguía con su dedo las líneas por las que se iba descom poniendo la textura del papel. Ésa es tu historia, dijo Donald, esas finas grietas en las que ya no hay tinta impresa. Ahora, añadió, nos queda tomar una cerveza más y después te vas a casa a escribir, aquí ya no tienes nada que hacer. Miré alrededor: no conocía a nadie en aquel restaurante, sólo alguna mesa o silla. Incluso el ritmo con que cambiaban las camareras era más rápido que nuestras visitas, que de hecho no eran regulares, sino más frecuentes en verano y escasas en invierno, y casi nulas en primavera, cuando yo pasaba mis días libres en el patio detrás de la casa donde vivía y Donald empezaba a practicar su senderismo por las montañas vecinas. ¿Qué otra cosa podía hacer? Tomé la cerveza, recogí el antiguo mapa de mi antiguo país, le di la mano, me fui a casa, puse arroz a hervir, cogí un taco de folios en blanco, saqué punta a un lápiz y empecé a escribir. A mi madre le fastidiaría ese comportamiento. Nunca debes ser servil, decía, porque la vida no existe para que otra persona la viva en tu lugar. Pero a veces, tengo ganas de decírselo mientras espero que acabe el silencio que viene de la cinta magnetofónica, es la única forma de sobrevivir. A veces, digo en voz alta, para ser lo que eres has de ser lo que no eres. «¿Estás grabando todavía?», pregunta mi madre. Probablemente asentí con la cabeza, pues no oigo ninguna respuesta. «Quiero añadir algo», dice ella. Supongo que otra vez hice un gesto con la cabeza. «No creo que la vida se pueda contar», dijo, «y aún menos escribir, aunque tiempos atrás leía con deleite libros como *La primera dama de América, Marjory Morningstar, Los jóvenes leones, Arco de Triunfo.* En aquella época todavía era joven, o por lo menos lo creía, lo que al fin y al cabo es lo mismo, pero ahora sé que no existe libro que pueda contener toda una vida, ni siquiera parte de ella. Puedes escribir miles de páginas sin conseguir desvelar tan siquiera un trozo de lo que está ocurriendo cuando, por ejemplo, intentas pasar el hilo por el ojo de una aguja. Es ridículo que te hable a ti de libros, de eso sabes más que yo, pero jamás he dejado de preguntarme por qué todas las cosas que han ocurrido tenían que ocurrirme justamente a mí, igual que cuando lees un libro y te preguntas ¿por qué le ha pasado eso o aquello al personaje, acaso no pudo evitar ese amor o lo que fuera?, ¿acaso no pudo simplemente abrir la puerta y dar un paso adelante, o por lo menos entrar en otra habitación? No hay otras habitaciones, no se puede salir de esta piel. Eso sí, puedes ver cómo se arruga la piel y se empequeñece el cuerpo. Por cierto, la piel es la única cosa que con el tiempo te va sobrando; todo el resto lo echas de menos, todo se te va como las capas de la cebolla que mencioné hace un rato, y al final se queda sólo el corazón, el mismísimo centro, la acritud que no puedes dejar en la lengua mucho tiempo. Naturalmente, puedes pensar, igual que he pensado yo infinidad de veces, que todo pudo haber sucedido de otra forma, que en lugar de acritud pudo haber habido dulzura, pero si pudiéramos cambiar la vida, a lo mejor no la llamábamos la vida, probablemente ni siquiera estaríamos vivos». Dejé el lápiz con el que de todas formas no escribía nada y dije: «¿Recuerdas aquella canción que solías cantar, sobre una muchacha que se levanta de buena mañana para dar de comer a las palomas y que ve que no está su buchón preferido y recuerda que la noche anterior vio a un cazador entrar en el bosque, y luego escuchó el disparo, y ahora sabe, mientras las demás palomas se arremolinan a sus pies, a quién alcanzó el disparo?» Según parece, en aquel momento le tocaba a ella asentir con la cabeza, puesto que no oigo su respuesta. «Quizá siempre sea así», continué, «nosotros desgranamos el maíz en nuestro patio, pero la vida se apaga en el bosque de al lado». De haberme acordado antes de esta frase, su segunda parte pudo haber sido un buen título para mi libro. «A tu padre siempre le gustaba esa canción», dijo mi madre. «Y yo siempre pensaba», dije, «que nos la cantabas a nosotros dos». Otra vez quiso coger el vaso de agua, no sé qué otra cosa podría causar el ruido mezclado con el crujido de las correas y los ejes. «Siempre es así en la vida», dijo ella, «siempre hay una parte de las cosas que conoces y otra que desconoces, y cuanto más tiempo pasa, más te dedicas a reflexionar sobre todo lo que no sabías, como si la vida, si lograras saberlo, pudiera cambiar». Sé perfectamente lo que diría Donald si lo oyera: pegaría su cara a la mía y me gritaría que no se puede cambiar nada y que la literatura no se entretiene en conjeturas sino que su objeto es la descripción fidedigna de los hechos, ya sean reales o imaginados. En cierto modo, yo escribía precisamente sobre eso, primero con el lápiz siempre bien afilado y luego pasándolo todo a limpio con una vieja máquina eléctrica que había comprado por veinte dólares en una subasta particular en la vecindad. Tuve que cambiarle un fusible, quitarle bien la grasa y el polvo y ponerle una cinta nueva. La froté tanto que se puso a brillar en la oscuridad. Lo que yo escribía hablaba de un poeta que, tras decidir que le ha llegado la hora de escribir relatos, no logra en modo alguno escapar a la concisión, indispensable en poesía, a su juicio, y dedicarse al análisis que constituye la base, según él, del discurso narrativo. Cada frase le seguía pareciendo un verso y cada relato un poema, ya que la forma, así lo percibía, no tenía ninguna importancia. El mundo se estaba desmembrando a su alrededor, la guerra causaba estragos, su madre había muerto, él sentía, pese a toda la concisión de su prosa, que la historia de la vida de su madre tomaba cuerpo en él, que lo atrapaba bruscamente y lo constreñía a interpretar un papel fijado mucho tiempo antes. No sabía cómo terminar mi relato, ni siquiera sabía si era realmente un relato, pero al final escribí –y fue lo único que inventé– que en la orilla del río encuentra a una chica a la que explica en un largo monólogo que el amor es nuestro último amparo y que, si lo perdemos, la vida se convierte en una caída sin fin. Él no está seguro de que la chica le haya entendido, y tampoco le importa, dado que no le hablaba a ella, sino a sí mismo. En la última página, el río crece poco a poco, y ellos, al terminar el poeta su monólogo, van alejándose chapoteando en el fango. Escribí todo eso en inglés, consultando el diccionario, claro, pero no logré dar con las mejores soluciones para los versos que el poeta recita en dos ocasiones, primero en el balcón, contemplando el cielo estrellado, y luego antes de ponerse a andar por el pastoso fango. Los versos provenían de los poemas que había escrito hacía mucho tiempo y que, dicho sea de paso, nadie quería publicar. Estaban repletos de consonantes oclusivas y vocales largas, y esa alternación de sacudidas y relajación era precisamente lo que no conseguía reproducir en otro idioma, lo que, naturalmente, no resultaba tan importante para el relato en sí, pero a mí me producía cierto malestar y me recordaba que la vida no se podía cortar como una empanada de carne o, comparación que me gusta más, como una tarta de chocolate. Puse el relato en un sobre, lo llevé a correos y se lo envié a Donald. Me resultó mucho más difícil redactar la carta de acompañamiento: gasté probablemente más papel para ella que para el relato. No podía librarme de la idea de que Donald era escritor, así que el tono de la carta pasaba constantemente por distintas capas de servilismo, como si me dirigiese a un burócrata de cuya decisión dependiera mi existencia. De haberla leído, mi madre la hubiese roto en seguida. Para ella, la sinceridad era la única forma posible de existir, no había cosa más valiosa en el mundo. Más vale, decía, meter la pata que andarse por las ramas. De la misma forma nunca le inspiraban demasiada confianza los que predicaban, sino los que pasaban a la acción. El que sabe dónde está, dijo una vez, nunca se pregunta quién es. Muchos años después, tomando los dos café por la tarde, añadió a esa frase que los que se preguntan sin parar quiénes son siempre tienen la impresión de que alguien llama a la puerta de su alma, y no dejan espacio para las demás personas. Esa era la razón, supongo, por la que ella dormía al lado de mi padre en una habitación sin caldear, pese a su necesidad precisamente de calor; mi padre se conformaba con una manta ligera, ella todavía se quejaba bajo un tupido edredón; mi padre abría continuamente las ventanas, ella las cerraba a escondidas; en invierno, él solía ir con la cabeza descubierta, pero ella tricotaba gorros que, con los años, fueron haciéndose cada vez más gordos. Era la primera de todos nosotros en irse por la noche a la cama. A la mañana era la primera en levantarse, encendía el fogón, hacía el café, preparaba el desayuno, limpiaba las cenizas de las estufas, iba a comprar el periódico. Mi padre era tranquilo, sereno como un Buda; mi madre era como un fuego vivo, llameaba como el fuego eterno. Así por lo menos pensaba yo de pequeño, cuando creía que el mundo no se podía cambiar. Sin embargo, al morir mi padre, ella también empezó a apagarse, incluso llegué a pensar, tocando la piel de sus manos y sus mejillas, que se enfriaba cada vez más. Una decena de años después de la muerte de mi padre, sus ojos ya se habían apagado, y yo sabía que no le quedaba esperanza.

No sé qué otra cosa podías esperar, me diría Donald, sin molestarse siquiera en disimular el tono malicioso de su voz. Para entonces, claro, ya había aprendido que el mundo cambiaba y que el cambio es constante, que el cambio es de hecho el auténtico rostro del mundo, pero a pesar de todo seguía creyendo que en esas transformaciones universales había también islotes de inmutabilidad, sistemas cerrados que resistían a todo intento de modificación. Ahí, Donald se habría puesto ya a compadecerme, ya no habría podido recurrir a la malicia. Cuando los tanques entraron en Eslovenia, quise cerrar la puerta y bajar las persianas, desconectar el televisor y dejar de leer la prensa, con el fin de, como si de un cuento se tratase, salvar lo que había quedado de nuestro organismo familiar. Mi madre, en cambio, apretaba el mando a distancia con obstinación y seguía con gran atención las voces excitadas de los presentadores que flotaban por encima de la rápida sucesión de parpadeantes imágenes. Todavía ahora, sentado en la casa que no es mi hogar, pienso que lo hacía con un objetivo muy concreto, no para causarme daño o para saber lo que de verdad ocurría –los conflictos sangrientos a los que había sobrevivido anteriormente le habían enseñando que en la guerra no hay verdad sino sólo interpretaciones acomodaticias–, sino para acelerar su propio fin. Estoy seguro de que, del mismo modo que mi padre tomó la decisión de morirse al comprender que sólo podría seguir viviendo como un cuerpo impotente, mutilado, dejado a merced de los demás, también mi madre, negándose a revivir su propia vida a través de aquella repetición de la historia, había decidido acudir al encuentro de la muerte. Se dijo a sí misma: Mañana voy a morir, y al día siguiente murió. De hecho, vivió dos días más, pero sólo gracias a la medicina de hoy, que dispone de medios para prolongar el pulso del organismo y espolear el corazón, como si la vida fuera un caballo obligado a ganar una gran carrera. Cuando la visité en el hospital la víspera de su muerte, estaba tumbada boca arriba y con el índice de su mano derecha levantado apuntaba hacia un rincón de la habitación. Cuando me incliné hacia ella, dijo: «Allí.» Me volví para mirar. A excepción de unos cuantos hilos de telaraña que ondeaban al albur de invisibles corrientes de aire, el rincón estaba vacío, igual que ella, si exceptuamos los últimos hilos de vida que se le iban rompiendo entre estremecimientos mientras su alma ascendía a los altares. Aquí no hay ni telarañas en ningún rincón, no hace falta que me vuelva. Por un instante la voz de mi madre se hace más fuerte, como si de repente se hubiera acercado al micrófono para en seguida alejarse de él. «Claro», dijo, «no puedes cambiar tu vida, y cuanto más intentas agarrarla, más se te escapa». Se miró nuevamente las manos. «Cuando pienso en todo lo que ha pasado entre estos dedos, podría cortarlos, pero sé que con ello no recuperaría nada. Si algo se va, se va para siempre. ¿Te lo he dicho ya esto, quizá?» Me oigo decirle que no, o quizá sí, pero que no importaba. Mis últimas palabras llegan completamente nítidas, como si me hubiera acercado al micrófono para comprobar si todavía quedaba cinta. Ahora también me acerco y veo que las dos bobinas están igual de llenas. Con las yemas, mi madre se tocó las sienes, los párpados y las comisuras de los labios. «Quería decir algo más», dijo, «pero ya no recuerdo qué». Yo esperaba. «Tal vez podamos continuar mañana», propuse, lo que mi madre aceptó sin comentarios, pero al día siguiente, a pesar de que lo tenía todo preparado y ella estaba sentada frente al micrófono, no logramos grabar nada. Justo en el instante en que la cinta se había puesto a girar, alguien tocó el timbre, el perro del piso de al lado empezó a ladrar, mi madre se apresuró a abrir la puerta y ya no volvió al cuarto de estar. Ahora lo oigo todo: el sonido del timbre, que siempre nos parecía a todos demasiado agudo, pero nunca hicimos nada para sustituirlo, los ladridos apagados, el crujido de la mesa cuando mi madre se apoya para levantarse, el jaleo en el vestíbulo, el golpe de la puerta de la cocina, mi tos. Lo único que no se oye es que mi madre no volvió. Paré la cinta, la rebobiné y la puse en su estuche rojo, luego desconecté el magnetofón, recogí el micrófono y enrollé los cables. Dejé todo en su sitio: el magnetofón debajo del armario, el resto del equipo en el cajón, el estuche con la cinta en el estante de la biblioteca, con las demás cintas. Un poco más tarde volví y puse las cuatro cintas detrás del *Diccionario de serbocroata* de la Academia, donde se quedaron durante catorce años. Los toqué sólo en una ocasión, siete años después, la última vez que pintamos la casa. En aquella ocasión cogí, uno a uno, cada libro entre las manos, les quité el polvo y los coloqué en cajas de cartón que durante días había ido recogiendo de la carnicería y la frutería. Cuando concluyeron las tareas de pintura, empresa que siempre se antoja interminable, devolví cada libro a su sitio, sin cambiar nada. Excepción hecha de la Biblia, los dos diccionarios y la guía ilustrada de las Montañas Rocosas, que me llevé a Canadá, supongo que allí siguen cada uno en su sitio, si acaso recubiertos de una nueva capa de polvo. Hay una cosa que se aprende cuando se pasa, aunque indirectamente, por la experiencia de la guerra: que la vida entera consiste en amontonar objetos, sean libros, toallas, almohadillas o grabados, como si el sentido principal de la vida fuera construirse un museo que tarde o temprano se convierte en un amasijo de cosas inútiles, especialmente cuando resulta inevitable marcharse. Estoy seguro de que justamente por eso me libré tan deprisa de todas las cosas de mi madre, de manera que sólo cinco o seis días después de su entierro ya nada en el piso recordaba su presencia. Cuando murió mi padre, sopesamos todas sus pertenencias, primero con la mano derecha, luego con la izquierda, como si nuestra propia existencia dependiera de cada una de ellas. De las pertenencias de mi madre, sin embargo, no dependía nada. El país se venía abajo, yo también, los recuerdos eran un lastre que arrastraba con fuerza hacia el fondo. Fue en esos momentos, mientras echaba sus cosas en unas bolsas de plástico y en grandes cajas de cartón de galletas y charcutería, cuando encontré las cartas de su primer marido y el pequeño fajo de billetes del antiguo reino de Yugoslavia. Regalé el fajo a un chaval que vivía en el mismo edificio, y al que antes daba los sellos y las monedas de mis viajes por los países extranjeros. Leí las cartas. El hombre que las había escrito, por mucho que se empeñara en rechazar la idea, refiriéndose constantemente a «la próxima deportación» que debía llevarle «a una tierra lejana» y a los trabajos forzados, sabía que iba a morir. De hecho, ese traslado les llevó a un pequeño bosque cerca de Belgrado, donde, abatidos por balas de ametralladora, habían caído en una tierra mucho más próxima y concreta, en las fosas que probablemente antes habían cavado ellos mismos. No sabía si eso coincidía con la verdad histórica, pero podía imaginar que justo mientras leía esas cartas, unos transportes parecidos se dirigían hacia bosques parecidos en algún otro lugar de mi país. Desde la otra época, las armas habían cambiado, resultaban ahora más rápidas y ligeras, pero las herramientas para cavar seguían siendo las mismas: pala y laya, algún pico o simplemente los meros dedos. Nada de eso contaban aquellas cartas; y aunque lo supiera, el primer marido de mi madre seguramente no se había atrevido a escribirlo; de lo que no tenía dudas era de su amor por mi madre. De no haber llegado desde un campo de concentración, podría pensarse que algunas frases de estas cartas habían sido escritas por alguien que se encontraba muy lejos, quizá en viaje de negocios próximo ya a su término. Con el paso del tiempo, la preocupación sustituye al amor, se advierte una inquietud respecto al futuro de su mujer y de sus hijos, y su esperanza de que el curso del destino pudiera cambiar todavía. Hay también pasajes donde se lamenta dolorosamente de su suerte, e incluso frases donde hace a su mujer en parte responsable de la situación que padecía. Estaba convencido de que si, al abandonar Zagreb, se hubiesen quedado en Bosnia, nada de aquello les hubiese sucedido. No sabía, no pudo saber, que los judíos bosnios perecieron como todos los demás judíos de los territorios del Estado Croata Independiente, la gran mayoría en los campos de concentración de los ustachis, con la única diferencia de que el campo donde él se encontraba estaba dirigido por los alemanes. La última carta llevaba la fecha del 14 de noviembre de 1941. En ella escribía, casi con el alivio de alguien harto ya de temer por su destino, que por fin había llegado el momento de su deportación. Decía que tal vez ya al día siguiente partiría lejos, y aunque desconocía dónde, estaba profundamente convencido de que nada, ninguna lejanía ni acontecimiento, podría separarles. Si acaso ella recibiese posteriormente la maleta con sus cosas, que no se preocupara, pues muchos se iban así, sin nada, porque donde iban, les habían comentado que no precisarían de nada de eso. Por lo demás, escribía, nunca le había hecho ascos al trabajo, así que no tenía por qué preocuparse por las faenas que le aguardaban, por muy duras que fuesen. Y añadía: Que sepas que mi deseo es que mis hijos sean educados como serbios, y en ningún caso como judíos. «En ningún caso» subrayó con una gruesa línea ondulada. Yo no podía creer lo que leía. El papel se me cayó de la mano, y cuando me agaché a cogerlo, me di en la frente con el canto de la mesa. Leí de nuevo esa frase. ¿Cuánta desesperación había en ese hombre para que pudiera pensar que la educación pudiese ser más fuerte que el destino? Intenté imaginar a mi madre, sentada en una habitación con escasa luz, inclinada sobre esa carta del mismo modo que yo ahora, con la diferencia de que a mí la carta me perforaba el hueso de la frente, y a ella le oía el corazón. Ella nunca quiso cumplir ese deseo, y yo lo sabía, pues precisamente tuvo que modificar un montón de veces su situación a fin de preservar el judaísmo de sus hijos, del mismo modo que la modificó otra vez, después de la guerra, para inculcar la misma fe a sus nuevos hijos, mi hermana y yo. No estaba seguro de haberlo entendido del todo, pero podía imaginar la carga que eso suponía para ella. Negándole su último deseo, ella también estaba renunciando a él; y al escoger como marido a otro judío, ella triunfó sobre el mismo mal que había fulminado a su primer hombre, aunque ni antes ni después había sido desleal a nadie, y ese hecho siempre le acompañaba, como una sombra. ¿Por qué, entonces, no destruyó esas cartas? Ya no podía preguntárselo. Mi vida de repente resultó ser la respuesta a la vida del hombre que nunca había visto; yo existía para que, a pesar de la idea difícilmente concebible de la negación universal, él pudiera seguir siendo. Recogí sus cartas y las doblé con cuidado justo por los pliegues de antes, y luego las metí en el mismo sobre amarillento que las había albergado dentro del bolso de mi madre. El papel se descomponía; la mesa estaba cubierta de partículas blancas; si hubiera podido examinarlas a través de un microscopio, si hubiera podido disponer de uno, quién sabe qué tipo de formas hubiera visto. Temblaba, con el rostro cubierto de gotas de sudor, las náuseas me subían desde el estómago, y esa misma noche, por primera vez tras la muerte de mi madre, tuve miedo de quedarme solo en nuestro piso. Tenía la mirada clavada en la oscuridad encima de mi cama y con los ojos más abiertos que nunca seguía las sombras que recorrían la habitación cada vez que por la calle pasaba un coche o un camión. Hace mucho tiempo, yo pensaba que lo bueno de la muerte de un padre podría hallarse en el hecho de que uno por fin dejaba de ser hijo de alguien y que, por un tiempo al menos, andaba como si el mundo entero le perteneciera sólo a él, pero en aquellos momentos, mientras la sábana me ahogaba y la funda de la almohada se me pegaba al cuello, me daba miedo esa misma soledad que antaño me parecía tan esplendorosa pero que, desde aquellos mismos momentos, me decía que era lo único que me quedaba. Tampoco se lo he dicho a Donald. En realidad, nunca se lo he dicho a nadie. Tampoco he tenido a quién decírselo. La guerra continuaba, el dinero perdía su valor, la gente cambiaba, las palabras se volvían cada vez más hueras. Sólo mi miedo seguía siendo el mismo. Aplazaba el momento de ir a la cama hasta que la cabeza se me cayera o el libro se me escapara de las manos, y sin embargo, en cuanto me acostaba y apagaba la luz, los ojos se me desorbitaban y me ponía a escrutar la oscuridad, desde la que algo se abalanzaba sobre mí. Sin embargo, nada me alcanzaba; el miedo no es el cumplimiento; el miedo es la amenaza del cumplimiento, la posibilidad de que algo ocurra. En vano me lo repetía, y en vano dejaba encendidas las lámparas de la mesilla. No paraba de ver el mismo vacío que también tuvo que observar el primer marido de mi madre en la víspera de su deportación, antes de aquel triste recorrido hasta el lugar donde ya les esperaba una tumba cavada. Todo lo demás, todo lo que sucedió a continuación, puedo ahora, sentado a la mesa sobre la que reposa el magnetofón como un cadáver reciente, resumirlo en una larga frase. Al intentar escapar de mi miedo, mi desesperación y mi dolor, busqué la salvación sumiéndome en un miedo, una desesperación y un dolor aún mayores que los míos, y así acepté la oferta de trabajar en la oficina de una organización humanitaria internacional encargada de distribuir ayuda y hacer el censo de los refugiados, lo que me forzaba a tratar permanentemente con aquellos cuya desgracia no era simbólica como la mía, ayudar a los ancianos a traspasar el umbral de nuestra puerta, servir de guía a muchas manos temblorosas por las líneas de los impresos que tenían que firmar, contemplar ojos de niños que, por mucho que uno se fijara en ellos, nunca pestañeaban, como si algo los hubiese dejado abiertos para siempre, luego tuve que visitar los campos de refugiados, conversar con ellos y anotar sus declaraciones, inventariar los bienes perdidos o destruidos, elaborar listas de personas muertas y desaparecidas o de las que simplemente habían sido olvidadas, disponer en montoncitos fajos de billetes prácticamente sin valor alguno hacia los que se alargaban dedos con las uñas estropeadas, buscarle la muñeca a una chiquilla que no podía recordar su nombre, distribuir pañales para los bebés, medicamentos para los enfermos crónicos, traducir e interpretar, describir y resumir, hasta el momento en el que me percaté de que ya no sentía nada y de que el miedo de los demás ante el cambio o la pérdida de su mundo no había anulado mi miedo a verlo repetido. Entonces me marché. No en seguida, claro, pero me apresuro con esa declaración porque una mirada al reloj de forma cuadrada me dice que Donald puede llegar en cualquier momento. Me llamó al recibir mi envío, todavía no lo había abierto, y propuso visitarme el sábado siguiente, esto es, hoy, pasadas las diez de la noche, tan pronto como acabe con su sesión de pesas y natación. Su voz sonaba indiferente. No sé por qué esperaba que sonara de otra forma; a lo mejor porque la mía temblaba mientras respondía a sus preguntas y porque me liaba irremediablemente con las construcciones gramaticales más sencillas en una lengua que ya consideraba haberme apropiado. Intercambiamos unas cuantas frases más, sobre la cerveza y el tiempo, pero luego se enfadó cuando le reproché que se tomara a la ligera la reivindicación de Quebec por su independencia, que a mí, subrayé, me recordaba de manera irresistible el comienzo del desmembramiento de mi país. Nosotros no somos tan brutos, se apresuró a responder Donald. Tenía razón mi madre, pensé, nunca debería confiar en personas cuyos ojos no transmiten nada. Luego charlamos otra vez con buen humor. Donald me pidió que apuntara la fecha y la hora de su visita, tras lo cual, primero él y después yo, colgamos el auricular. Esa nota sigue adherida al frigorífico, perdida entre la multitud de mensajes, anuncios y consejos para reciclar papel, periódicos, latas y embalajes de cartón. Cuando la escribí, pensé añadir algo más, un recordatorio para explicarle a Donald qué significado tenía en realidad aquel fango en el que chapotean el poeta y la muchacha al final de mi relato, pero desistí de manera casi inmediata. Si quisiera explicarlo, no lo habría escrito; si ya lo he escrito, no hace falta que explique nada. Sea como fuere, cuando me desperté el sábado acordado, es decir esta mañana, ya no me acordaba del fango. Sentía inquietud, de eso estoy seguro. De haber estado de pie, no dudo que mis rodillas habrían temblado, igual que flaqueaban antaño, cuando en las desiertas calles de Zemun me topaba, a altas horas de la noche, con la policía. De modo que decidí superar esa inquietud escuchando otra vez las cintas con la confesión de mi madre. Lo había intentado varias veces antes, la primera el día que traje el magnetofón del sótano de Donald, pero nunca tuve paciencia suficiente. Al principio me ponía nervioso el chirrido de correas de caucho y ejes aflojados, luego no estaba seguro si había alterado el orden de las cintas o no, en otra ocasión, me eché a llorar y me empezaron a doler los pulmones de tanto sollozar, pero durante todo ese tiempo me perseguía el temor de que el retorno a la lengua materna, reforzado por el hecho de pronunciarla precisamente mi madre, pudiera llevarme donde no quería volver, y menos ahora cuando, gracias a un idioma extranjero, por fin había empezado a sentirme como si fuera otro. Algunos, tanto aquí como allí, dirían que eso es más un motivo de vergüenza que el anuncio de una profunda autorrealización, pero me alivia la idea de que no lo diría mi madre. «Sólo los que te han forzado a pensar en la vergüenza deben avergonzarse», diría ella. No sé qué diría Donald. Probablemente no tendría ningún comentario o apuntaría algo en su cuadernillo. Siempre lo hace escondiendo la página con la mano izquierda, con el ceño fruncido y relamiéndose. No me molestaban ni la mano ni que se relamiera, pero en esas ocasiones me daban ganas de plantarle la mano en la frente y alisarle las arrugas, pues para mí, se lo quería comentar, escribir debería relacionarse con la alegría, por mucho que un verso resultara difícil o una frase desesperadamente entrelazada. Nunca lo he hecho. Porque sabía con qué asombro me habría mirado si hubiera llegado a rozarle un solo pelo, por no hablar de la piel. Quizá se habría caído de la silla, o habría derramado su vaso de cerveza. Es tremendo, el contacto de otra mano. Así suena uno de mis versos, tal vez el título de un poema. En aquella época no podía ni imaginar que poco tiempo después de la muerte de mi padre me iba a dar cuenta de que él y yo nunca nos tocábamos. Los abrazos correspondían a mi madre; él siempre se quedaba fuera del alcance del contacto físico. Mi madre se precipitaba a nuestro encuentro; él esperaba que los demás se le acercaran. Ella sabía el momento idóneo de hablar alto, o de susurrar, de acariciar; él no cambiaba el tono de su voz, como si todas las palabras tuvieran el mismo peso. A lo mejor se lo pudiese contar a Donald cuando llegara, en vez de contármelo a mí mismo. En todo caso, habrá que resumirle lo que acabo de oír de las cintas de mi madre, no al detalle, claro, no todo, pero en cualquier caso con el máximo número de detalles posible, si tiene tiempo o paciencia suficiente para escucharlo. Me pongo de pie, voy hasta la ventana, escucho con atención. Las cintas están sobre la mesa, cada una en su estuche protector de cartón. Si no cuento los libros que me llevé, las cintas son la única prueba de mi existencia en el tiempo; la voz que ya no lo es, la voz del más allá, ausente, nada más que un sucedáneo mecánico de la realidad, es lo que confirma mi presencia; estoy aquí gracias a algo que ya no está. Supongo que ahora, después de escuchar las cintas, las puedo empaquetar y enviar a Belgrado. Me quedaré sólo con los libros, pero tampoco cuesta desprenderse de ellos: los libros, tanto sagrados como profanos, nunca han sido un obstáculo infranqueable. Quizá me estoy apresurando, quizá sería mejor irme a la cocina y lavar la taza y su platito, pasar un trapo por el mantel de la mesa, revisar las notas de la puerta del frigorífico. Hay sólo una forma de esperar, decía mi madre, y es la de no esperar. Mientras todos nosotros íbamos y veníamos de la puerta a la ventana, estirando los cuellos y alzando las cabezas día y noche, ella encontraba siempre algún quehacer, pelaba zanahorias, desgranaba guisantes, picaba cebolla, restregaba una cazuela o amasaba la harina. Su manera de lograr una serenidad absoluta consistía en recopiar en un cuaderno recetas de cocina anotadas en papelitos o recortadas de los periódicos. Vuelvo a sentarme y de nuevo me levanto, me acerco otra vez a la ventana y una vez más aguzo el oído. Todo eso resulta innecesario, por supuesto, porque Donald llegará en su coche, lo que quiere decir que con la paz que hay en el lugar donde vivo le oiré en cuanto gire desde la calle principal. Cuando venga, revitalizado tras nadar en la piscina y con las fuerzas recuperadas en el gimnasio, será un final de jornada muy apropiado, cuajado de sentido simbólico, especialmente para alguien que, como yo, ha pasado el día dejándose caer desde el acantilado de los recuerdos, mientras su fuerza se escurría como cualquier fluido orgánico. Incluso alguien que no sepa escribir podría advertirlo trazando líneas que, viniendo de sentidos opuestos, una señalando la pérdida y la desaparición, otra la regeneración y el aumento de las fuerzas, se precipitan hacia su punto de intersección, donde se reúnen con ellas la espiral de los recuerdos, que lleva hacia abajo, y la espiral de la autosuficiencia, que no conduce a ninguna parte, aunque Donald se pondría negro de enfado por lo que acabo de decir. En ese punto, pues, todo toca a su fin y al mismo tiempo todo comienza. Incluso alguien que no supiera escribir podría ver que es precisamente allí donde el mundo se convierte en texto, las escenas, las imágenes en letras, donde el silencio se funde en la blancura del papel. Así, simbólica y prácticamente, una vida se acaba el mismo día en el que, simbólica y prácticamente, empieza otra. Sale mi madre y entra Donald; así constaría en la obra teatral si todo esto fuese una función de teatro y no la vida real. En algún lugar se cierra una puerta, en otro se abre otra, la luz va irrumpiendo, la escena se vuelve brillante y luego, bastante más tarde, baja el telón. Eso me hace pensar que debería descorrer la cortina de mi ventana, porque si no, Donald, al ver la luz apagada, podría pensar que me he dormido. Sin embargo, nunca he estado tan despierto y tan preparado para lo que va a pasar, o, mejor dicho, para lo que debería pasar. Mi madre seguro que habría protestado. De ninguna manera debes ponerlo todo en manos de una sola persona, comentó una vez, guárdate siempre una parte para ti. No recuerdo a propósito de qué lo dijo, puede que ni siquiera se dirigiera a mí, sino a mi hermana, pero no importa. Ya he puesto todo en manos de Donald, y cuando lo digo, de verdad me refiero a todo, no me ha quedado nada, y menos esa parte de la que hablaba mi madre. A Donald no le ofrecí sólo las páginas con el relato, sino también todo lo que después de este relato podría ocurrir, a condición de que, claro, aceptara lo que he escrito. Dejé en sus manos toda una posible vida, y el hecho de que Donald venga a visitarme después de su natación y sus ejercicios, creo que corrobora de manera evidente su deseo de tomar las riendas en la máxima firmeza de todo lo que he sometido a su criterio. Puedo entender la prudencia de mi madre y no dudo de que en su lugar yo actuaría del mismo modo, pero no estoy en su lugar, no estoy, de hecho, en ningún lugar, y quizá cuando hablo de una posible vida, hablo en realidad de un lugar, de una vida que se confunde con ese lugar. Una vida que no tiene su lugar en ningún sitio no es más que un lastimoso mariposeo. Ignoro quién lo dijo; mi madre seguro que no, aun cuando ella vivió su vida como si su vida y su sitio fueran una misma cosa. Ella pertenecía al sitio en el que se encontraba; yo no podría decir lo mismo de mí. Si supiera escribir mejor, podría hacer con estas diferencias un relato, una historia escrita en fragmentos aparentemente contradictorios, pero entroncados por un mismo sentimiento de pérdida, lo que a fin de cuentas transformaría todo alejamiento en acercamiento. Otra vez me apresuro, claro, y ya hablo de la posibilidad de escribir mejor, sin saber tan siquiera si simplemente sé escribir. Dentro de nada me asomaré otra vez a la ventana, abriré la puerta, incluso iré hasta el final de la acera, y me sentaré a lo mejor en el césped. Pero sería mejor idea lavar la taza y el platito, recoger el apartamento y estirar la colcha. A Donald, estoy convencido, no le gusta el desorden. Si eso es cierto, entonces entre él y mi madre existe cierto parecido.

Ella, en cuanto abría la puerta de cualquier habitación o de la cocina, se abalanzaba sobre cualquier objeto olvidado, un cenicero repleto de colillas, un plato con mondas de manzana, un rastro de polvo, una mancha en el cristal de la ventana. Nada escapaba a su mirada, sus manos, sus cuidados. Pero nadie tenía derecho a preocuparse por ella. Se enfadaba si tratábamos de buscar explicación a su palidez o a sus ojeras. Ella sola tenía que cuidar de sí, llenar su bolsa de agua caliente, hacerse las infusiones, untarse los ungüentos para sus articulaciones, prepararse cataplasmas de aguardiente y cebolla. A la mañana siguiente era de nuevo la primera en levantarse, encendía el horno, se iba a la compra. La noche era para la enfermedad; el día tenía que ser el mismo de siempre. Ya bastantes vidas tengo detrás de mí, decía, para gastar ahora una nueva. La primera parte de esta frase la usé para el verso inicial de un poema que habla de una anciana sentada en un banco próximo al tronco de un cerezo, aunque lo que sigue es distinto y no contempla siquiera la posibilidad de una nueva vida. El principio también es distinto, ya que no pone énfasis, como en el caso de mi madre, en el número de vidas ya vividas, sino en la duración de la vida, en su límite máximo. En todo caso, aun cuando no hubiese una diferencia esencial entre estos dos sentidos, la anciana del poema sabía que allí donde está el final no hay ningún principio. El final es el final. Puedo imaginar lo que diría Donald de esa clase de mensajes, pero en aquel entonces yo era aún lo bastante joven para creer en ciertas cosas, por ejemplo, en el efecto benéfico de librarse de la angustia que suscita la muerte. El hecho de que no escribiera el poema en primera persona, sino poniéndolo en la boca de una anciana, seguro que dice algo sobre mí, quizá más que el poema mismo. En mi cara se podía leer, afirmaba mi madre, como en un libro de letras bien gordas. A lo mejor eso sigue siendo así, sólo que las letras se han vuelto más chicas y su significado menos asequible, y aún más en este país, en el que la expresión del rostro resulta menos importante que las palabras y donde la boca dice más que los ojos. No importa cómo miras, sino cómo hablas, y si no sabes hablar, estás ciego. Es una conclusión modesta, nada del otro mundo, pero esta clase de pequeñas intuiciones me dan todavía una gran alegría, por lo que Donald, cuando se lo mencioné la primera vez, no pudo ocultar su sorpresa. Según él, el europeo, igual que el americano, no es capaz de ver la belleza y la grandeza de lo pequeño; sólo un oriental puede hacerlo; el europeo, sin embargo, encuentra la belleza en las relaciones armoniosas de las grandes formas, mientras al americano le basta la mera grandeza y nada más; un punto puede tener dimensiones cósmicas en Oriente, mientras que en Occidente no llega a ser más que una forma sin atributos. El que en Norteamérica no cree en la grandeza, dijo Donald, no tiene nada que hacer aquí. En aquellos momentos también estábamos sentados en el restaurante de la isla fluvial, vaciando unas jarras de cerveza, mientras alrededor nuestro se alzaba la ciudad. Ahora no estoy seguro si eso fue al principio de nuestra amistad o más tarde, ni tampoco llevo un diario meticulosamente ni una esmerada cronología para confirmarlo. De todas formas, eso no cambiaría nada. Las palabras no existen en el tiempo; se pronuncian o no se pronuncian, eso es todo; no hay tercera posibilidad. Incluso grabadas en cintas magnetofónicas, no existen en el pasado sino únicamente en el momento en que alguien decide volver a oírlas, dejarlas hablar de nuevo, sólo que esta vez mediante la electrónica, el plástico y las corrientes magnéticas. Pero ni siquiera entonces hablarán desde un segmento más o menos determinado del pasado, sino que se afirmarán siempre en el presente, lo que quiere decir, de hecho, que jamás serán las mismas, ya que nunca se pueden repetir todos los parámetros que condicionan cualquier momento presente. ¿No debería tal vez enviar a Belgrado las cintas con la voz de mi madre? ¿Quizá sería más útil quedármelas y, cuando se acabe todo esto, o antes, volver a escucharlas una y otra vez? Si tuviera a mano un lápiz y un trozo de papel, lo apuntaría y lo pondría en el frigorífico entre los demás recordatorios. A mi madre, por supuesto, le daría horror ver ese batiburrillo de notas: Lo que puedas hacer hoy, repetía siempre, no lo dejes para mañana. Y nunca dejaba nada para el día siguiente. He tardado mucho tiempo en librarme de la angustia producida por el carácter definitivo de esta frase, porque a pesar de todos mis esfuerzos no podía ajustarme a semejante disciplina. Me levantaba a la misma hora, me acostaba igual, llevaba en una minuciosa agenda mis tareas apuntadas, pero siempre había algo que se arrastraba del día anterior, siempre algo que quedaba para mañana y, con más frecuencia, para pasado mañana, especialmente al pasar de una semana a otra o de un mes a otro. Sin embargo, todo eso quedó sin objeto cuando prescindí de mi agenda y empecé a dejar mensajes en la puerta del frigorífico. Y mientras por la ventana de la cocina estoy mirando con atención la oscuridad cada vez más espesa, me doy cuenta de que es más que evidente que ya no soy el de antaño, como igual de obvio resulta que después de la visita de Donald nunca seré el de ahora. Una vez que has puesto la raya, decía mi madre, no puedes hacer más que dos cosas, sumar o restar, ya no se puede cambiar nada. De repente me pongo de puntillas, escucho atentamente y en seguida reconozco el sonido del coche de mi vecino. Donald, según parece, está todavía de camino. Mi madre, sin embargo, tenía razón: la vida hay que vivirla desde el principio; en el bolsillo puedes llevar unas cuantas fotos, y eso es todo, no hay marcha atrás, no hay comparaciones ni búsqueda de similitudes o diferencias. Nada se parece a nada, y todo resulta parecido. Cada cosa es algo en sí, igual que cada individuo es una especie en sí, un conjunto de particularidades, y no una suma de coincidencias. Si mi madre se equivocaba en algo, y lo veo ahora muy claramente, como si lo hubiese dicho ella misma en las cintas grabadas, se equivocaba al creer que tener su lugar era necesario: puede que la vida sea un huevo extraño que se ha colocado en nuestro nido, opinaba ella, pero el nido tiene que ser siempre el mismo. A pesar de que la elección de esas palabras pueda recordar su afición por los proverbios y refranes populares, seguro que ella no lo habría expresado de esta manera. Ahora ya no importa; ya nada importa, y menos aún si tengo en cuenta los platos sucios en mi fregadero. Cuando estábamos grabando las cintas en Zemun, la muerte de mi padre me obsesionaba, creía que si instaba a mi madre a que hablara de su vida, podría prepararme mejor para asumir su muerte. Cuando falleció, comprendí que ninguna preparación puede sernos de ninguna ayuda: la muerte siempre llega de improviso, y más si cabe cuando la esperas con atención. Mi padre se enfurecía en la cama, tiraba las sábanas y se rasgaba la ropa interior, pero mi madre yacía completamente tranquila, sólo a veces levantaba la cabeza de la almohada o la mano, como el último día. Alguien podría decir al respecto que mi padre luchaba por prolongar la vida y que mi madre se había resignado a morir; en realidad, claro, era él quien llamaba a la muerte mientras ella se desesperaba ante la idea de perder la vida. En todo esto está claro que Donald no dejaría de observar una correspondencia simbólica entre el turbulento destino de mi madre y el destino político de mi país, pero a pesar de lo atractivo de tal interpretación, me es más cercana la idea de que mi madre no tenía otra elección, y que simplemente repetía lo que estaba escrito en el espacio que la rodeaba, lo que también debería repetir el protagonista de mi relato, si de un relato de veras se tratara. Eso lo sé ahora, estando de pie en la cocina, pero no lo sabía entonces, cuando bajo la vieja araña del cuarto de estar de nuestro piso de Zemun intentaba apagar los celos que en mí levantaba la historia contada por mi madre. De haberme quedado allí, me parece que se lo dije una vez a Donald, hubiera sido tragado como una miga. No he dicho qué me habría tragado, y sigo sin saberlo. Donald no me lo preguntó, y si pensó en algo, seguro que pensó en un tornado, pues no ha debido de ver otro torbellino en su vida, salvo quizá algún que otro remolino en algún arroyo de montaña. Por mucho que hubiera querido explicarle con qué violencia aspiraba el torbellino de la historia, no habría entendido nada. La historia para él es un libro de texto, un manual sobre los acontecimientos que, según pretenden sus autores, una vez ocurridos, ya no se pueden repetir. El hecho de que mi madre caminara un tanto encorvada, como si subiera constantemente por una cuesta, como si se resistiera a algo que la arrastrara hacia abajo, lo atribuirían al reumatismo y no a la realidad histórica. Donald, probablemente, pensaba de la misma manera, pese a todos mis esfuerzos, a pesar del café, la cerveza, los mapas y las camareras lentas del restaurante de la isla fluvial. A nadie, francamente, le interesa el conjunto de acontecimientos que marcan a una persona; para todos, el destino es una característica común, nosotros somos como espigas de trigo o bancos de peces, y si a algunos los ataca la centella o pican en el anzuelo, eso no hace más que confirmar las similitudes en lugar de demostrar las diferencias. Con la mirada clavada en la oscuridad y los oídos atentos, voy nombrando todo lo que mi madre sabía hacer: trasplantar, por ejemplo, cada flor en el momento oportuno y a la maceta adecuada; hacer queso fresco; prender fuego en el fogón y llevar la brasa hasta la estufa de cerámica del cuarto de estar; preparar con ajo, vinagre y tocino de cerdo lavado en nueve aguas una pomada que, al untarla por todo el cuerpo, hacía bajar la fiebre más tenaz; aprovechar cualquier retal o hilo, cualquier alambre, caja de cartón o de plástico; de un viejo vestido hacer uno nuevo volviendo la tela; tricotar, tejer y bordar; hacer solitarios; abrillantar el parqué con un trapo empapado en parafina; diluir bicarbonato sódico para los gargarismos; tamizar la harina; zurcir calcetines en un huevo de madera; hacer empanada de acelga; degollar pollos; separar la clara de la yema; batir la clara a punto de nieve. Yo no sé hacer nada de eso. Ni siquiera sé callar como ella, con los labios ligeramente apretados, escondiendo los ojos con la mano izquierda. Ella siempre tenía miedo de que los ojos pudieran traicionarla; las articulaciones primero, luego los ojos, ése era el orden de sus inquietudes; no hay nada tan terrible, decía, como quedarse inmóvil en la oscuridad permanente. No recuerdo lo que escribieron los médicos en el parte de su muerte, pero ninguna de aquellas palabras latinas eran suficientemente convincentes. Creo que mencionaron el corazón, quizá los pulmones y los riñones, también las varices, las cosas habituales para una muerte habitual, como si pudiera haber dos muertes idénticas, como si la muerte no fuese el acto de máxima diferenciación, como si precisamente en aquel momento el hombre no fuese lo que es de verdad, lo que ningún otro podría ser. Cuando falleció mi madre, una parte de mí murió con ella, igual que una parte suya había muerto con mi padre, otra más con sus hijos del matrimonio anterior, y una tercera con su primer marido, y mientras el rabino leía las oraciones y los sepultureros esperaban detrás de la tierra recién cavada, apoyados en sus palas, yo sólo pude pensar en esas pequeñas muertes, en esos pequeños pero inmutables alejamientos del mundo, y tuve la idea de irme a alguna parte donde mi muerte no pudiera herir a nadie, dejar a los demás enteros. La guerra en aquellos momentos ya se había convertido en uno más de los tantos monótonos acontecimientos diarios, la noticia en los periódicos a la que se prestaba la misma atención que a la entrega habitual de los tebeos, los resultados de los partidos de fútbol y las curiosidades del mundo entero. El final de la vida de mi madre no interesaba a nadie. A decir verdad, ya nada interesaba a nadie, ya que de todas formas todo ocurría independientemente de nuestra voluntad, incluso las palabras se habían transformado en refranes previsibles o, en el mejor de los casos, en una variante que, embrollada, no conseguía decir nada más que lo que ya sabíamos de antemano. Me había quedado sin país, sin madre, sólo faltaba que la lengua se me desgastara del todo para dejarme sin nada. Entonces me marché. Ahora me parece que todo sucedió muy deprisa, a pesar de que en realidad duró mucho más: pasaron dos años desde que puse un puñado de tierra sobre el féretro de mi madre hasta el momento de mi partida. Todo, en verdad, resultaba lento, casi infinito, especialmente las noches, que era cuando me iba acostumbrando a su ausencia. Lo único que hice en seguida fue desprenderme de sus cosas; no las trasladaba, como en su día había hecho con las de mi padre, de un armario a otro, no las sopesaba primero en una mano, luego con la otra, imaginándome que así les podría encontrar una nueva, tal vez digna utilidad. Los objetos ya no me decían nada, lo que me causaba dificultades añadidas en el trabajo con los refugiados, ya que ellos hablaban casi exclusivamente de los objetos, como si la vida entera pudiera resumirse en la suma de los bienes y con la diferencia obtenida tras la resta de las pérdidas, así que cuando me di cuenta de eso, supe que ya me estaba acercando a algo distinto. Sin embargo, no veía claramente de qué se trataba, y tampoco sabía la dirección que debería seguir y a qué tenía que acercarme, pero cuando ya no existe el lugar del que uno se aleja y que le sitúa en el universo, cualquier dirección resulta igual de buena. Se lo intenté explicar a Donald, no con estas palabras y quizá no de manera tan resumida, pero la esencia era la misma. A la madre, naturalmente, no la puedes sustituir, pero el país y el idioma, ¿por qué no? Únicamente así, dije, puedo dejar de ser la prenda del otro, su deuda o última voluntad, e incluso, si lo deseo, su simple recuerdo. Donald me dirigió una mirada melancólica, la que se puede advertir en sus ojos después de la tercera cerveza. No profundicé más en mis explicaciones, pero al poner el relato en el sobre, recordé su vacía mirada y por un momento me paré. Era demasiado tarde, tanto entonces como ahora. Hace mucho tiempo que infringí el consejo de mi madre de no confiar en los demás si no podía confiar en mí mismo, así que sólo me queda escrutar la noche e interpretar los sonidos que llegan desde la calle y mi patio. El silencio cae a continuación sobre los platos sucios, igual que las partículas invisibles de polvo van depositándose sobre los estuches de cartón con las cintas magnetofónicas, y las gotas de sudor se acumulan en el borde de mi labio superior. Justo cuando las estoy enjugando, oigo el ruido de un coche que entra en mi calle y se para delante de mi casa. La casita, mejor dicho. El que escribe o desea escribir, debe tener siempre presente que toda palabra ha de ser dicha de una vez para siempre; así que si te equivocas con ella, ya no puedes hacer nada. Tal vez podría correr hasta la ventna del salón y comprobar quién viene, pero me quedo donde estoy. Cuando levanto la mirada hacia el reloj de pared cuadrado, veo que la manecilla grande pasa al minuto siguiente con un sobresalto pesadote. Luego oigo el portazo de un coche, y a continuación el ruido sordo de los pasos por el camino de hormigón que lleva hasta los tres peldaños de la entrada a mi casita. No oigo esos tres últimos pasos, pero me imagino a Donald subiendo, como nuevo, sonriente, con el índice ya levantado hacia el botón del timbre a la izquierda del marco de la puerta. Y cuando de hecho oigo el timbre, no vacilo pero tampoco me apresuro. Tomo una bocanada de aire como si fuera algo completamente distinto, como si mis pulmones ya no fueran míos, como si ya no fuera yo. Así debe de sentirse, me digo a mí mismo, la fruta antes de que una licuadora la transforme en zumo, así debe de ser la angustia de la clara ante el batidor que la va a montar a punto de nieve. Mi madre seguramente estaría orgullosa de estas comparaciones culinarias, aun cuando ella sabía que éstas anuncian una transformación, un cambio, en otra cosa. O en otra persona, pienso mientras abro la puerta de entrada. Donald está delante, como me lo he imaginado, pero no hay atisbo de sonrisa en su cara. Tampoco presenta la frescura y la relajación que esperaba: la cara se le ve dura, los hombros encorvados, los pies pesadamente asentados en el suelo. Lo atribuyo al hecho de que se ha quedado en el segundo peldaño y de que por primera vez le veo desde esta perspectiva. Sin embargo, al alargarme la carpetilla con mi manuscrito le tiembla la mano como si estuviera levantando una de mis maletas. El manuscrito, lo veo ojeándolo rápidamente, está repleto de correcciones, sitios subrayados y palabras tachadas, y también contiene multitud de signos de interrogación. Cierro la carpeta y me aparto un poco; pero Donald se queda inmóvil. Tal vez yo también debería volver adonde estaba un instante antes, pero no acierto a determinar dónde me encontraba. La oscuridad detrás de Donald resulta más espesa que el anochecer que cubre el cielo y a cuyo través aún se trasluce por algunos sitios un resplandor azul. Si de verdad supiera escribir, si tuviera por lo menos un trozo de papel y lápiz, podría apuntar lo de nuestra respectiva inmovilidad y reconocer en ella el mal augurio, el instante en que el corazón decide saltar al abismo. Luego el azul del cielo desaparece, el espacio que enmarca la puerta se inunda de oscuridad y cuando intento cerrar la puerta, siento cómo las tinieblas se resisten. Presiono con el hombro, empujo con el pie, me apoyo con todo mi cuerpo en la superficie lisa de la puerta. La cerradura por fin encaja con un chasquido. Entonces, con cuidado, con mucho cuidado, retrocedo hasta que mi espalda se topa con algo.